我在北京成家

周石 陈筱睿◉主编

在北京成家，是关于梦想与爱情的故事

中国社会出版社
国家一级出版社·全国百家图书出版单位

图书在版编目（CIP）数据

我在北京成家/周石，陈筱睿主编．—北京：中国社会出版社，2016.6

ISBN 978-7-5087-5346-1

Ⅰ.①我…　Ⅱ.①周…②陈…　Ⅲ.①故事—作品集—中国—当代　Ⅳ.①I247.8

中国版本图书馆CIP数据核字（2016）第133612号

书　　名：我在北京成家
主　　编：周　石　陈筱睿

出 版 人：浦善新
终 审 人：李　浩
责任编辑：陈　琛
策划编辑：郭晋慧　　**责任校对：**高建春

出版发行：中国社会出版社　邮政编码：100032
通联方法：北京市西城区二龙路甲33号
电　　话：编辑室：（010）58124854
邮购部：（010）58124848
销售部：（010）58124845
传　真：（010）58124856
网　　址：www.shcbs.com.cn
shcbs.mca.gov.cn
经　　销：各地新华书店

中国社会出版社天猫旗舰店

印刷装订：中国电影出版社印刷厂
开　　本：155mm×225mm　1/16
印　　张：12.75
字　　数：130千字
版　　次：2016年7月第1版
印　　次：2016年7月第1次印刷
定　　价：25.00元

中国社会出版社微信公众号

前 言

当编辑完《我在北京成家》的书稿后，我们非常激动，思绪万千，回忆起我们学院师生共同编写这六本书的过程：

第一本是 2011 年 1 月出版的《求职就业职业发展》；第二本是 2012 年出版的《冲向职场：求职 48 计助你玩转职场》；第三本是 2013 年出版的《我的职场我做主：入职菜鸟修行记》；第四本是 2014 年 4 月出版的《我在大学谈恋爱》；第五本是 2015 年 12 月出版的《给你 offer：人力资源经理陪你找工作》。

这六本书的出版，充分体现了学院的使命："劳人之事，成人之美"。劳动人事学院的事业是成就别人的事业，是为别人提供服务的事业。这六本书的写作目的是为大学生服务的，是希望大学生朋友通过阅读这六本书，能得到一些有益的启发，走好自己的成才之路。前五本书的出版，受到大学生朋友的喜欢，使我们感到非常的自豪——我们为大学生做了一件有益的事。

这六本书的出版，得到了许多人的帮助，在此我们要表示感谢：

第一，要感谢劳动人事学院的老师。院长杨伟国教授，2013年参加《我的职场我做主》的编写，对同学们成长提出自己的建议："充分利用大学所提供的机会全方位地锤炼自己并形成自己清晰的价值观"；唐鑛书记为书的出版提供了多方面的支持。特别值得一提的是老院长曾湘泉教授为第一本书《求职就业职业发展》写了序，并于2013年6月13日在《中国教育报》发表文章《剖析典型案例助力职场新人——评〈我的职场我做主〉一书》，向大学生朋友推荐此书。孙光德教授、张丽华教授、周文霞教授、石伟教授、林新奇教授、文跃然副教授、丁大建副教授、李育辉副教授、管延军副教授、骆南峰老师、郭瑜老师、翁茜老师、张石磊老师等也参加了编写。

第二，要感谢同学，我院近70位同学先后参加了写作。这70多位同学毕业后有的出国留学，有的走上工作岗位，有的还在学院读书。没有他们的努力，是不可能完成这六本书的写作的。书中记录了他们的辛苦劳动，也记录了他们的成长经历。

第三，要感谢其他学院老师。这套书的出版，也得到其他学院老师的支持：教学督导室王学军副研究员、商学院副书记赵锦兰副教授、马克思主义学院王向明教授、邱吉副教授和人口学系杨菊华教授等。同时也感谢被采访人员，是他们把自己宝贵的经验奉献给大学生，帮助大学生更好成才。

这套书的出版有以下几个特点：

第一，是针对大学生所关心的热点进行选题。这套书能收到较好的社会效益和经济效益与选题有很大的关系，我们力争选一些大学生关注的热点问题进行写作，使大学生读后有所触动，产生一些思考。有的书在书店脱销，有的书在西单图书大厦月销售量一度排在第七名。有的高校辅导员阅后，对同学们的思想有了更多的理解，工作也更有针对性了。

第二，是结合我院同学所学的专业进行写作。我院在专业设计上，有自己的特点。同学们结合劳动经济、社会保障、人力资源、劳动关系专业知识学习后，进行调查写作，较好地把专业学习与解决现实问题结合起来，提高了同学们分析问题和解决问题的能力。这套书也记载了同学们对问题的思考，记录了他们的成长过程，有着重要的历史价值。

第三，是写作方法多样。这一套书，既有调查报告、理论探讨，也有采访和纪实报道。通过多样的写作形式来记述大学生自己的生活，多角度地反映当代大学生的所思、所想。

第四，探索了一种培养学生的新渠道。如何培养学生，使学生更好地成长，这套书进行了有益的探讨。参加过写作的同学认为，这种活动对他们成长是非常有益的，使他们得到多方面的锻炼，也给自己的大学生活留下了更绚丽的色彩。

第五，师生一起写作。在写作过程中，师生一起调查、讨论，有时也会争得面红耳赤。例如在《我在大学谈恋爱》一书的写作过程中，老师们原想在每一个故事后，写一个小贴士，告诉大学生什么是正确的恋爱观。没想到小贴士的内容受到同学们激烈反对。老师们经过认真的思考觉得，同学们的成长环境不同，对问题看法不同，同学们的意见有的是有道理的，最后把全部小贴士取下，让大学生阅读后，有更多的思考空间。师生相互交流，相互启示，是一种“教学相长”的好方式。

在第六本书出版之际，希望大学生朋友喜欢它，也真诚地祝愿每一位大学生朋友：工作愉快、爱情甜蜜、身体健康！

周　石　陈筱睿

2016年6月30日于求是楼416办公室

目录

对的时间对的人

祁　婕

「

男主今年 32 岁，山东人，目前在一家上市的公关公司工作。和女主在小说创作见面会上相识。两人在北京成家后依靠自己的力量买了房子并且生了一个可爱的小姑娘。

」

翻开钱包，看见他们初见时他拍下的她温柔坚定的神情。那还是 8 年以前，他参与着九州系列文学的创作。在一个有着独特运行规则的现实世界里，他书写着想象世界里的一切——海水、羽族军阵、河络……一个个英雄年少与英雄末路的故事中，情怀在热血与成熟中游走。

那是 2006 年 5 月 12 日的中午，小说创作圈里的一次欢迎会让他们相遇，原本只是一顿普通的聚餐，如今这个日期有了特别的含义。一见倾心这是多么不可思议的事，多么像是电影里虚构的幻想，可是这样梦一样的感觉就在此刻降临。原本只是朋友间一次普通的聚会，可偏偏一抬眼，看到了那个迟到的姑娘。时隔8年，他依然能够清晰地记起那时的感受。一袭黄裙配着小小黑衫，那当然是她——她如同这座城市一样动人，文化和修养，气质与时尚，恰如其分地兼容并蓄，美好得叫他暗地赞叹，好得叫他心生亲近，好得叫他那天兴奋得不知所措。后来朋友说，那天他像个笨拙的不懂控制情绪的孩子似的，努力地多说话想要让她注意到自己——斯人若彩虹，遇见方知有，现在想来，这可真是一个迷人的细节。

13年前，19岁的他刚刚从军队复员回到老家山东，当年参加高考，来到北京电影学院学习制片。转眼间度过了四年大学时光。扑面而来的不是梦想的实现与延续，而是让人焦急的现实与生存难题。如果回老家，父母的帮助会让他安稳地工作、成家，不费力就有着让不少人羡慕的生活。可是年轻的他有着自己的坚持——留在北京，即使只是在当时还没上市的本土公关公司谋了个2000元一个月的撰稿职位糊口。那个时候，他只感到北京是个奇妙的城市，容留他却从没有让他找到归属感，有住处却没有家。他那个时候，并没有指望北京的接纳。他一直是这么想的，面对这座打动他的城市他就是这么想的。

到了2007年6月1日，他和她终于能够在一起。他是作者，她是读者，共同的兴趣爱好让他们成为九州的第一对情侣。

那个时候，他在一家公关公司做撰稿人，和她分离在北京和天津两个城市。异地恋思念的苦衷和每次见面的欢欣他们都刻骨铭心，每一次他都挖空心思把见面变得特别。那年，在她生日的前一天，他晚上 9 点多下了班，尽快买到了蛋糕和花，跳上了 10 点多最后一班火车奔向天津。火车奔驰着穿过田野和村庄，到达了另一片高楼和灯光里，耳旁呼啸的风把他带到温暖的星光里。他在 11 点半坐在她家窗下的街边，在 11 点 55 分打通她的电话开始装作不知情地闲聊，心里却有些小激动和小得意，他在零点准时对她说："宝贝，帮我一个忙，帮我看看你的窗外。"推开窗，看着他提着蛋糕捧着花，熟悉的身影被灯光拉得很长很长。因为异地恋，所以特别渴望也特别珍惜在一起的日子。即使那个人不在身边，可是只要心里有着念想，就会觉得有了依赖。有着想见的人，就不是孤身一人。

痛苦折磨而又刻骨铭心的一年异地恋之后，她工作调来了北京，他们在北京重聚。在 20 多岁事业初创的时候，很多人往往在梦想中迷茫得找不到方向。找不到方向，哪里吹来的风便都不是顺风。好在有她，生性乐观，总会在他情绪莫名低落的时候给予他劝慰。他的几次跳槽，她都帮着进行了清晰的规划，他做到了大项目组撰稿部的负责人，薪水翻到了之前的两倍。再后来，有个机会他跳槽到了外企，薪水当然又翻了一倍。2011 年年底，他被一家小公司挖走，薪水又涨到了之前的两倍。

他想娶她。她说，我要在流浪动物救助机构志愿服务一年才可以接受求婚，然后他们到现在已经是一起做到第七个年头的志愿者了。对流浪猫的喂养、照顾让他也慢慢走进公益，走进她的生活，感受其中，无法用语言表达。他们用自己的努力和团队一起把将近 3000 只猫送进了温暖幸福的家庭。有时候会遇到公众的不理解，听到一些尖刻的声音，在他们的帮助下重新灿烂的生命给了他们继续下去的勇气和动力。

他是电影专业出身，她是戏剧节优秀新人，所以他们拍婚纱，自己找摄影、摄助、美术师、服装、道具，自己选景，自己买婚纱、安排拍摄计划。从那一天开始，生活中的每一分每一秒都由他们联合导演。他的所有想象，她完全能同步想象得到，不管多神经多奇怪的想法，没分歧，只有一拍即合。娶了她，一辈子都有人跟他一起开心地疯。

那是2010年，他们结了婚，在偌大的城市里从此有了温暖与依靠。他们并不是那么顺利地得到双方父母的支持。他们说，这是自己的生活，我们的生活离家乡越来越远。父母是比较传统的中国人，理念的分歧带给他们新的干涉，拿在家乡的安逸生活来换一定会后悔。面对高压的生活，他们忙碌而充实，在这里，一切都是通过努力才可以换来的。两个人教育、阅历的增长逐渐让家乡的生活离他们越来越远。如果工作都要通过酒桌上的觥筹交错，这样的生活他们不喜欢。同样的志趣，同样的背离传统，同样的独立个性，他们开始在这个城市的奋斗。

再一年也就是2012年年初，他跳槽回到当初的老东家，老东家已经上市。同年，他们买了房，当然也会觉得压力大。他现在的房子在五环外，首付用的是自己的积蓄，剩下的几百万有商业贷款，有跟同事、朋友借来的，也有高利贷，用这几年的年终奖慢慢还清。现在一个月的房贷占到了薪水的一多半。她生产以后在家全职抚养女儿，一直到2014年年底。一家三口过着简单的生活，她很少添置过什么新衣服。他因为工作需要，经常买优衣库和H&M打折货解决换季的衬衣。这是他们的家，厨房里中西厨装备齐全，周末时候会体验她绝妙的烹饪手艺，从俄式红菜汤法式煎小牛里脊到地道的麻婆豆腐黑椒牛柳再到泰国肉骨茶；茶台上或精巧或质朴的茶具应有尽有，细瓷茶罐里的乌龙或者密封茶盒里的抹茶，她亲手煮出来的奶茶或者为他灌装好的咖啡；满书架的书，一起看的电影，一起从午夜聊到天光大亮；24层楼东南向的飘窗，有清澈的风和开阔的视野，晴天可以看到机场飞机的起降，阴天可以听着雨点睡着。无论多晚都可以回的地方，无论多冷都有温暖，无论多累都有问候，有干净的床单和柔软的枕头，衣柜里的衬衣有着淡淡的香味。这是他的家，他们的家。他说，我是这座城市里最得意的棕熊，每天去捕猎幸福，扛回天通苑，填满每个角落。有她在的地方，就是他总要回的家。

今年在朝阳公园书市，他们俩把兜里的现金掏光了，还软磨硬泡跟人家走了个支付宝才买回所有的书；一家书店倒闭清仓，他们俩全天请假，去故纸堆里钻了一整天，拉了一后备箱的书回家。买房子，装修，将家里安排出巨人的隔间，完美的厨房，再订购一整个木质的和室直接嵌在预留的角落里当书房，买巨大的橡胶木被炉桌摆在客厅当茶几，没暖气的时候就围在被炉里吃火锅；卧室里是一张两米乘两米的大床，所有灯具都是一起淘一起订，整个过程就是好玩，开心，有意思……

共同的兴趣之外是对彼此的依赖和扶持，都是精神通透的人，她的乐观、自由、独立常常会鼓舞他。她是他最好的朋友，温柔而宝贵的朋友。他会依靠，也会获得指引。从此一个人走在这个世界上的感受不再没有人理解，与高压的生活对峙，对手气势恢宏也不再害怕，因为心里寄托着另一个人的心，因为已经有了想要保护的人。以爱的名义，他们获得了最美的生活。如今他们分享的更多，爱好、工作，还有一个美丽的小女儿。即使到了冬日之夜，这里却依然很温暖。

我问他，你的北漂故事中最难忘的是什么？

——结婚，生了个特别漂亮的丫头。买了房子，给自己装了整个和式的书房，分了公司股份，再也不坐地铁不坐公交车上班。除了未来，没什么过去比现在更难忘。

生活不是只要有爱就足够

祁　婕

「

85后的男主和女主是同一学校的师兄妹，在学校中相识相爱，中间也因争吵有过短暂的分开。家境相对较好的北京女孩阮阮不顾父母反对执意嫁给了来自山东的秦川，却因为一系列现实原因磨光了两人的爱。持续三年的婚姻结束，阮阮出国留学，而秦川回到了老家山东……

」

秦川和阮阮的初次相遇，是在2008年，他们是来自同一学校的奥运志愿者，他高她一届，培训前从未见过。那一天，培训的休息时间，他们很自然地交谈了起来。她有着北京女孩的明媚神情，宽大的T恤让她看起来纤细、消瘦，一颦一笑，透露着婉约的古典美。那天她不知是中暑还是什么原因，刚刚站起来就一阵眩晕。他手忙脚乱地扶着她，两人有点尴尬。临时搭建的医务室里面他陪着她敷冰袋，她虚弱地笑着捏了捏冰袋，说好凉快呢，他说那就带走扎在额头上训练好啦。就是这句孩子气的玩笑话，让他们熟悉起来。那天的天气很阴，可他总觉得有那么多阳光，把空气晒得暖暖的。人们究竟为什么会爱上另一个人？

之后的发展顺理成章起来。忙碌的假期过去以后，秦川就是面临毕业的大四学生，阮阮小他一岁。校园恋情总是又单纯又美好，那是雨中遮罩头顶的外套，是草地上阳光与青草混合的清新气息，是她笑起来露出的洁白的牙齿。在一个又一个周末，他们将北京的大小胡同几乎走遍了，听着天空中不绝于耳的鸽哨声，他带她穿过人山人海，她怕走丢总是拽着他的袖边。他说，阮阮，我想在北京给你一栋房子，能看见深蓝色的天空和星月夜。这一年的爱情就像是甜蜜的酸奶，馥郁的奶香味像梦一样留在他的脑海里。

可惜那时候的就业形势并不太乐观，秦川到处投简历未果，不免有些急躁起来，一开始看着孩子气的阮阮，他耐心地解释，后来渐渐地就不免争吵。在又一次关于琐事的争吵后，他提出先分开一段时间，不顾她的哭闹，执意回到了家乡山东。在家待业的日子里，他想要忘记她，自己在老家找一份工作。可是，大片的空白充斥在他的时间里，这一年的时时刻刻总是在他的脑海里浮现，他早已经不能够将她忘记，用情太深留下难以磨灭的痕迹。他一点点想清楚，明明是自己找工作碰壁脾气火暴，怎么能够迁怒于她，责怪她不懂事呢?！他想回到她的身边，就算在北京工作难找、压力大，他相信总可以像他从前说的那样给她一个家。就这样，两个月后，秦川鼓起勇气，又重新回到北京，一个给他爱又给他苦痛的城市。火车一路北上，穿过荒芜的田园，春天似乎已经不远了。

秦川租住着破旧的房子，这是他在这个城市暂时安稳的家。2009年，读大学四年级的阮阮正在考虑继续考研还是参加工作。父母希望她能够考研或者申请去德国读研。秦川终于在北京一家医院找到了工作。秦川出生于农村家庭，农忙的时候父母没有时间照顾他，他便从小自己下厨，逐渐能够烧得一手好菜。阮阮却是在父母的悉心照顾下成长，总是在厨房手忙脚乱，分不清酱油还是醋，料酒又掌握不好用量。可是她每次来，都要自告奋勇地去买菜。秦川看着她努力地在厨房忙碌，心疼又欣慰。当她端着说是酱爆鸡丁盖浇饭的一盘黑乎乎的食物，笑眯眯地请秦川尝一尝，虽然吃了一口就发现咸得难以下咽，秦川还是笑着揉揉她的头发，小心翼翼地吃下去。现在回想起来那段时光还真是温馨啊。虽然那只是一周又一周相似的厨房时光，却有难以忘记的温暖与归属感。他觉得她变得更加温情又懂事起来，特别是当她说即使很想去德国读研，还是不舍得让他一个人留在北京工作，一个人挣钱的压力也太大了，她决定放弃读研，毕业后就直接工作。如果说秦川此前还对从小养尊处优的阮阮是不是愿意和自己同甘共苦心存疑虑的话，阮阮此时的选择就像是给他吃了定心丸。

阮阮毕业后很快找到了工作，和秦川一起住在租住的小房里，每天下班后去菜市场买菜。房租占据了他们支出的很大一部分，阮阮甚至连续三个月都没有买过一件新衣服。那时候，流行着一种两头略扁的翡翠手镯，纤细的手腕上一片翠绿色，轻碰桌沿会发出悦耳的叮叮咚咚声。阮阮工作的地方很多女同事都戴着不同粗细的手镯，让阮阮不禁羡慕起来。可是她从来没对秦川提过这些。只是在逛商场的时候，会忍不住试一试这个又试一试那个。很久之后，她才把这些告诉秦川。一个年轻女孩子出于爱，心甘情愿。与她所爱的秦川相比，那些手镯根本不值一提。他们一起承担生活的美好与艰难。虽然阮阮早已将秦川介绍给了自己的父母，却一直没能得到他们的支持。父母说，还没有什么承诺，你就放弃了去德国，你才 24 岁，你不要放弃自己拼了命建立起来的事业。阮阮一点也听不进去。父母还给她安排了几次条件不错的相亲，拗不过父母，阮阮去了几次，可是在她看来这些男人是带着结婚为目的的笑容前来交往，她怎么也不相信有人会付出真心。只是她没有想到，3 年多以后，她也顺从了这些从前看来可笑又俗气的理由上。

2010 年 12 月 25 日，那天他们在商场买巧克力，外面的天空飘着人造雪花，他往她手里塞了一枚钻戒，然后揽她入怀。没有任何仪式，却给了她一个家的承诺。阮阮的父母虽然不情愿女儿受苦，但最终还是把从前买好的房子转到阮阮名下，作为他们的婚房。这着实解决了他们的大麻烦，却没想到，这也会是以后争吵的原因之一。房子的装修设计都是他们一起完成的，她仔细挑选着窗帘的花色、思考着房间的布局，眼里满是对未来生活的憧憬。假期里秦川带她回山东见了自己的父母。山路难走，阮阮细心地换了双平底鞋。看到秦川家里简陋的小房子，阮阮什么也没有说，换下衣服就钻进厨房帮着秦川妈妈做菜，来到秦川爸爸病床前端茶送水，又陪秦川在院子里喂喂鸡。饭桌上，秦川父母看着漂亮懂事的媳妇，赞不绝口，眉眼都是笑意。临行前的晚上，妈妈悄悄塞给阮阮一个古朴的小盒子，那是祖传的银镯。父母对阮阮的满意让秦川更有了信心和动力。

2011年6月，他们结了婚，在亲友的祝福中，一起迈向人生新的阶段。婚前的同居生活让他们对彼此的生活习惯已经适应，一起享受家庭的温馨，计划着旅行，想象着未来。可是很长一段时间了，秦川的工作一直没有起色，在北京的人脉资源有限，很多事情还需要依靠阮阮的家庭。也许是成家以后责任感更强了，也有阮阮父母时常旁敲侧击，秦川开始着急起来。压力让他的情绪发生了很大的变化，工作上的不如意经常会对阮阮抱怨。开始时阮阮还会耐心地安慰，可是时间一长，阮阮也会有厌烦的时候。秦川也就是在这段时间沾上了酗酒的习惯，这更引起了阮阮父母的不满。阮阮的父母属于社会中上层，自然是觉得秦川根本给不了阮阮应有的生活。结婚一年多，阮阮却一直不肯那么快要小孩。秦川的父母观念比较传统，加上秦川的父亲身体一直不好，希望能早一点儿抱上自己的孙子，每次假期返乡时都不免对阮阮询问一番。而阮阮的解释，他们又根本听不进去。渐渐地阮阮会有意识地避免直面这样的话题。沟通的任务落在了秦川的肩上。秦川觉得真是好为难，他理解妻子，却又心疼父母，试着与妻子商量，却得到一句让他心痛的话："我们现在有什么，拿什么养活孩子？"秦川哑口无言。

生活像是突然失去了盼头，两人的工作都不太顺心，没法像学生时代那样依然笑得没心没肺。身边朋友丰富多彩的生活着实让阮阮羡慕，初中哪个同学又去夏威夷度假了，哪个朋友又换了车……别人把美国当上海，随时来去，他们一个月的存款却买不起一件像样的外套。他鼓励阮阮，一切都会好起来的，可是，看到的却是阮阮失望的眼神。也许，她一直耐心等着他能带给她想要的生活，可是，耐心总会消磨光，等耐心消磨光了，就会消磨爱。他有时候回想起一无所有的那几年，阮阮的义无反顾。自己不应该让她等这么久。长期依赖阮阮父母的支持，也让他在这个家庭里面丢失了自尊和面子，一点点小事都会引起争执，阮阮的话又一点点削弱他的信心。看着北京飙升的房价，他想反抗，最终还是退缩了。阮阮跟着他回老家看望父母的次数越来越少。走从前的山路，阮阮会抱怨好久，回去了也是冰冷着脸很少说话。秦川想起来从前的阮阮，那样的日子也许就这样不见了。

结婚3年以来，每年除夕都是在阮阮父母家，从来没有去过秦川老家。秦川也是独生子，看着父母独自在家过年，自己无比心酸。2013年年底，他们开始了可怕的冷战。他想，我们是不是真的要结束了，爱情已被岁月蚕食干净，剩下的就如同是面前味如嚼蜡的大米饭。

2014年春节，她在全家人面前宣布要去德国留学，原来，她一直没有忘记这件事，这些日子也办好了手续。既然感情已经淡了，可能也熬不过这3年留学时间了。她对他说要离婚的时候，他脑袋里只是嗡嗡作响，他不知道她后来又说了些什么，只感觉自己被扔到一个满是真空的玻璃罩子里，听不见任何声音，人来人往，全都与他无关。他以为爱是比现实还要强大的东西，如今，只是留在他心里的痛苦记号。原来，阮阮是枝头上一只随时准备高飞的鸟，离不开热闹俗世的快乐，她想要的繁华与新鲜、芬芳与璀璨，站在地面上的秦川，或许永远都给不了。

房子是她的，他整理了自己的衣物便搬到了外面，恢复了自己租房的生活，陪伴他的是那只被她退回来的银镯。那天她出发去德国，他想了半天还是决定去送她。他想象着，要是他现在挽留，她是不是就不会走。他突然想起来那时候在北京大街上，她拽着他的袖边害怕走丢，可是现在这么多行色匆匆的人，他就要真的和她永远走丢了。6 年时光就像一场梦，心里只觉得山河岁月什么都被掏空了。

他知道，和她只能走到这里了。他有时候会恨自己，有时候想要责怪她。生活不是有了爱就足够，还有信仰，还有生活的目的。她也许不知道，偶尔在周末，他还会去当年和她走过的地方，弥漫在空气里的气息会让他想起许多年前的周末和假期，春暖风细，阮阮还是那么年轻单纯，一边吃着糖葫芦，一边在他面前笑容可掬。梦碎成渣，秦川选择了回归现实，而不是开始一个新的梦，他选择了离开有着太多回忆的北京，回到了家乡。生命和婚姻一样，本身就是悲伤而严肃的，彼此相逢，彼此问候，结伴同游，然后就失去了对方。的确是一段难走的路，细想的话，也会有很长的领悟。

北京，你好

曹　晟

「

同为外地人的80后小夫妻小明和妻子自大学时期相识，经历了恋爱长跑之后终于修成正果，在北京买房、结婚生子。如今妻子有着稳定的工作，小明也在IT创业浪潮中闯出了一片天地。这一份苦尽甘来的醇厚感觉，只有他们最懂。

」

那年暑假，小明走出了江西的小县城，来到了北京。

去往北京的火车上，有商客，有旅人，也有同他一样的学生。不过，那个时候，不少人和小明一样，都还是第一次去北京。商客们总是受人欢迎的，他们似乎总有说不完的话，向周围的人说着北京的样子。渐渐地，小明眼里的北京清晰了起来。原来北京不只有故宫，不只有长城，不只有天安门。中关村是北京的“硅谷”，王府井购物必去，北大还有映着塔的未名湖。当被问及为什么去北京的时候，小明有点迷糊了：“为什么要来北京？因为那是北京呀！”在那个年代的那个时候，或许也没有比这个更好的理由了。也因为是北京，不知有多少怀揣着梦想的少年，像小明一样，郑重地把每一个志愿都报向了北京。

就这样，怀着对首都的憧憬，小明拿着中国矿业大学的录取通知书，背着行李，告别老家，坐着绿皮火车，晃荡晃荡着就来到了北京。报名，找宿舍，熟悉学校，大学的第一天就在忙碌中过去了。天南地北的学子云集，同学之间插科打诨吹牛皮，多少都免不了。可在这个兴奋劲儿里，小明却偷偷地打量起班上的同学来：“嗯，这个太瘦，那个不够高。唉，怎么就……咦！她……”

她是他的同学，他是她的同班。每周周末，他总会和好哥们儿去聚聚餐。这个时候，女生们也被男生们邀请来凑凑热闹，而邀请她的总会是他。“贼子”的“野心”也一步步地显露出来。渐渐地，他们开始打电话了，晚上12点，凌晨1点，2点，甚至3点，电波的震荡就像是他们的心跳，在静静的夜里把他们连在了一起。她写一首诗，他回一封信。

不久之后的暑假，他向她表白了。

“可是……我只是把你当好朋友。我们还是朋友好吗？我不想我们的关系变复杂了。”

“可是，可是……我……我原来以为……好吧。”小明默默放下电话。

曾经凌晨的电话，曾经的信，她曾经的一颦一笑，小明原以为那是他们的默契。可是，默契，也会撒谎。

那时候的学生们还相信着一辈子那仅有的一次相遇与相爱，一次美丽的邂逅，一个美丽的童话结局，一辈子的陪伴与相守。可是，书上的童话只会告诉你第一百个成功告白的幸运王子，而不会告诉你前面还有九十九个倒霉蛋。

回到学校，那日的阳光正烈，风也不再，树下是斑驳模糊的日影。

……

“也许之前太仓促了，但我想了一个暑假。我真的喜欢你，你……”

说到这里的时候，小明忽地笑了。

“我现在已经不记得她说了什么，不过，最后我们成了。”

不知不觉中，大学四年将尽，小明却还是优哉游哉地踢着他的足球。当别人都快找到工作了，他才反应过来，不紧不慢地跑了几家公司，却都不太中意。心中一合计，反正也不知道以后干什么，眼下也没事干，干脆考个研吧。

于是，小明在清华大学里的一小楼里租住了下来。他一个人吃着不知哪儿买来的陋食，一个人在冷寂的校园里受着风袭，一个人在昏黄的灯光下对着书发痴。就在小明忙着准备考研的时候，女朋友已经是平谷的老师了。平谷、海淀，繁忙的工作和学习，两个人只能奢侈地一月一会。而这期间，小明做不了别的，只好学习，也只能是学习。可这终究还是抑制不住心中的寂寞，远离家乡，没有朋友，没有亲人，独自复习。孤独的茎秆里，他嚼出了涩味。没奈何，那年圣诞节，看着来来往往、成群结队的人们，小明突然觉得，自己像是从这个城市的指缝里漏了出来，风一吹，东西南北全都没有了。幸而这个时候，与他同病相怜的哥们儿大有人在。那天夜里，一个大学的同学邀了他，在五道口喝着小酒，说着胡话，看着酒店里外国人过节的热闹和窗外的霓虹闪烁，也便过去了。

考研的日子苦着，小明在女友的支持下扛了过来，如愿考上了北大的研究生，付出也算有了回报。

虽然考入北大对他来说是一步登天，但是专业知识的薄弱使得他无法在课堂上跟上进度，而已经是研究生的他再也不能像本科时那样没心没肺地读书了。他得为父母计，为女友计，为自己计。第一节的课程结束后，他便开始自己实习了。女友这时还在平谷教书，小明每日奔忙于学校与公司之间。

待硕士毕业之后，小明面临着留不留北京的选择。当然，这在小明眼里根本不用选择，即使他有回家乡大学任教的机会，即使他有许多朋友、同学离开了北京。对他来说，北京两个字已经够了。更不要提女友已经有了稳定的工作，拿到北京户口，而他实习的企业也承诺他工作三年解决户口。

当然，这些都不是最重要的，最重要的是小明不想拿着陈年的教案，糊弄一届又一届的学生；不想整天摸着麻将和蔬菜，走街串巷：他向往挑战，他向往未知，他向往变化的生活。更何况，在北京这个大平台里，不用考虑关系，不用考虑公不公平，不用费心费力地去紧跟行业的前沿：一切都在这里。

最终，小明留在了他实习的公司。

三年的时间，说短不短，说长不长。在这三年里，女友工作调到了丰台。两人也开始经营起自己的家庭。小小的出租屋里，锅碗瓢盆间，两人相互牵着线，把对方拉到了身边。洗洗菜，做做饭，两人的日子平平常常，没有小吵，没有小闹，更没有出什么韩剧似的幺蛾子。在小小的一方餐桌上，端着碗，夹着菜，聊着、侃着大大小小的八卦流言。

两人就这样平平淡淡地过着自己的小日子。

突然有一天，小明突然想起两人还没结婚呢！

“小妖。”

“什么事啊？”

“咱们哪天把事办了吧。”

“嗯，好呢！”

从2001年到2008年，两人相识、相知、相恋、相守。二千九百二十天，恋人到夫妻，水到渠成。

妻子的老家在陕西，小明老家在江西，相隔几千里。没法子，只好在小明老家当地的小旅馆里草草布置布置，就成了一个小小娘家。接着，再依着习俗走走，这个礼也便成了。火红的仪式过去，平淡的生活依旧，两个在北京打拼的年轻人，也要求不了更多。更何况，要在北京过好点儿，什么都得省着点儿。

“可是，虽然是水到渠成，虽然她除了嫁我，也嫁不了别人了，虽然有些事我们两人说起来都有些多余，可是，结婚的时候，看着新娘服里的她，看着她的眼睛，看着她鲜红的嘴唇上烛光反照，我就知道，这辈子都是她的了。”

结婚后，最烦恼的事情，一个是房子，另一个就是孩子了。

2009年，看着2008年好不容易降了些的房价“呼啦啦”地又涨了上去，小明赶紧贷款买了套60平的小房子。来自两西的小小夫妻，总算在这个纷纷扰扰不知休的大都市里，开辟了自己的小小世界。二三两的烦恼，四五盏的忙碌，全都被挡在门外。做做家务，种种小花，这对外乡人夫妻总算在北京扎了下来。

繁华，北京。窗外车如流水马如龙，窗外灯闪霓虹酒掩绿。北京真大，他就在那里；北京也小，可以晾着他，晒着他，不去管他。豪气，也快意，但却无奈。

无论怎样，当孩子来了，一切似乎都变得简单了。

妻子不能只规规矩矩地上着班了。抱孩子、哄孩子、喂孩子，都得她来。奶瓶子、澡盆子、小被子，杂七杂八，她都要买。还有打扫、洗衣、做饭！好太太真不容易。

在单位工作满三年之后，拿到了户口，小明跳槽去了三星研究院。但是，公司大了，条条框框中间缝隙也就多了，钻着空子，过着日子，似乎还挺惬意。但是这样别人能成，小明却是不成了。家里有了闺女，心里有了惦念。年轻时候不拼着出头，以后怎么富养闺女?！几番辗转之下，小明投奔以前同学，合伙办了家小公司。齐心协力，用心经营之下，倒也蒸蒸日上。

如此几年过去，孩子也渐渐大了，姥姥便来帮忙照顾照顾，顺便也换了套大些的房子。如今，小明自己大概一半的月收入都在供这个房子，一月一万五的房贷，压力着实不小。而妻子在学校，虽然忙着，但收入不多。小明这就不行了，每天妻子睡了他还没回，妻子醒了去上班，他也还睡着。几十平的家里竟住进了两个世界。至于孩子，小明就更管不上了。可是，IT 行业争的就是时间，谁的软件先更新，谁就抓住了先机。

虽然是这样，他们的孩子已经快 4 岁了，小明一直很少有时间陪陪孩子和妻子。“孩子我从来也没有管过。一来上班也忙，没有时间管；二来她管我也放心。”说到这里，小明似是想起了什么，搓了搓手，本来就有点明显的眼袋更厚了，“特别是每次回到家里，只要看到我回来，女儿都要对我说：‘爸爸回来了。’每次走的时候，她都要对我说：‘爸爸，再见！’这个时候，真的是感觉什么都值了。”

外地人在北京，要想好一点，只得拼得多一点。丈夫在外打拼，妻子稳着家里。但不管他们各自的世界如何，只要周末到了，整整一周的心情，糟糕的、烦恼的、头痛的，统统不管。周末，只有最好的自己，和最好的他（她）。也好在周末还是他们自己的。

两人之间，或许正如小明最喜欢的那句话：“陪伴，是最长情的告白。”

而当我们的采访进行到最后的时候，提到他对以后还有什么打算没有。小明看着窗外的中关村，熟练地抽出烟，点着，闭上眼睛，深吸，轻吐。“现在公司发展还是蛮不错的，两年从十几个人发展到了几十个人。但是这行竞争太激烈了，也许我同学过几年会把公司卖掉吧。这个不在我。”说到这里，他眼睛闪了闪，旋即又亮了起来，“不过，我最大的目标就是在自己三十多、快四十的时候能够退休。”

“啊！退休？”

“对啊，也只是说从公司退休。我自己打算做一个天使投资人，这样才有意思啊。你说对不？”

十年北京，小明已经融入了这座城市。或好，他选择了这里，他正体验着一个巨大的变化的旋涡；或坏，他选择了这里，他最美好的岁月里，都祭奉了这座城市的精彩。

或许，他犹记得当初他刚来北京的那一天。

“北京，你好！”

奋斗过，我活过

曹 晟

「

来自江西的小满刚硕士研究生毕业不久，大学中的勤勉学习让他在北京争取到了一份工程设计方面的工作，事业方面有很大的发展空间。同时他也在和同为江西老乡的同校师妹为在北京成家立业而一起努力地准备着。

」

小满和我们见面的时候，刚刚下班。他的头发有点蓬松，可是不乱，只是年纪不大的他已经有了一些白发了。

“那么，我们从哪里开始呢？”

才刚刚坐下，他就主动向我们提问了。

大学

2006 年，“呼啦呼啦”的绿皮火车还在锃亮的铁轨上奔跑着。

此时，火车上的小满拉着旅行箱，看着饮着夕阳和醉得正红的江水，默默无言。

这是小满从小到大第一次越过长江，离开江西。

半身高的窗外，夕阳之下，树、云、方形的稻田、无边的原野都溢出了暖暖的橘色。连拥挤的车厢里，每个人的脸上，好像都有了酸酸甜甜的味道。小满托着腮，静静地看着窗外倒带的树与山。对于自己将要度过 4 年大学生活的城市北京，小满在想象着什么……

当时小满志愿录取得并不理想，分数超出不少。不过在复读与大学之间，他毫不犹豫地选择了大学来到北京。那时，他还懵懵懂懂的。他的未来的地图上，北京还没有影子。他不认识北京，北京也还不认识他。虽然如此，小满在未来大学之前却已经有了清晰的规划。

说到这里的时候，小满很是自信，他靠了靠椅背，正了正眼镜说：“一个人无论在什么样的环境里，无论在什么样的境遇里，无论在什么样的学校里，与他的未来怎样其实都没有很大关系。无论在哪儿，无论干什么，我们最后都要靠自己。就算开始的平台低一点，只要自己努力，只要自己奋斗，这又有什么关系。”也正是因为这样的想法，大一刚到学校，在别人只念着玩的时候，他就通阅了北京工业大学的保研政策。至于物理竞赛、高数竞赛、机器人竞赛、数学建模竞赛等各种竞赛，在大一的时候，小满就参加了个遍。

“学校的保研加权里，纯成绩要求要到 90 分以上。我知道自己很难坚持四年把成绩刷那么高，所以当时就决心要参加一些大学竞赛了。”

当时，数学建模竞赛要求三个人组队参赛。大一的小满，既不认识什么人，也不知道到哪里去找人。为了组队参加竞赛，他便在申请表上写上了室友的名字。要不是他进入答辩环节，必须三个人同时到场，他的室友都还不知道这回事儿呢。最后，小满以一己之力，夺得了校内比赛的二等奖。

“当时，我一个人在图书馆里查资料，找文献，从早到晚。其实自己也很无奈，我的同学，我的室友都在外面玩，没有一个人看书，更不要说进图书馆了。休息的时候，我就在图书馆里，隔着玻璃，看着外面打球的他们，就好像自己被关在了这个小小的密不透风的盒子里面。”

“我们班的 34 个同学里面，有 26 个是北京的，好像他们从来没怎么想过什么学习找工作的事。我们其他仅有的几个外地人在这样的环境里也很难去认真学习，即使我也是这样。”说到这里，小满的眼睛忽地被拉成了一条缝，他搓了搓手，“有时候坚持不下去了，就会找那些在更好的学校的同学聊聊，了解了解他们是怎么学习的，聊着聊着就不去想那些乱七八糟的事情了。”

而在大一的比赛之后，小满也认识了竞赛圈子里的朋友。第二年，他和他的朋友们就获得了校内建模竞赛的一等奖以及全国二等奖。

三年过后，小满最终获得了班里的保研名额，另一个保研的同学是一个加权后成绩直上 90 分的超级学霸。提到这些时，小满表情并没有什么变化。或许，在他看来，他只是沿着他选好的路途走到了这里，歇歇脚，但也该继续了。

兼职

从江西来的小满家境并不太好，父母也都是农民。大二的时候，小满起了心思，开始家教。而自那以后，他就能负担起自己的学费。不过，对小满而言，报酬并不是最重要的，最重要的是，在每晚的灯光下面，读书声里，他和他的学生相互成就着对方的梦想。

小满是通过熟人介绍认识小熊的。刚认识小熊的时候，小熊高高瘦瘦，戴着眼镜，眼睛里还是投出叛逆的眼神。那时候，小熊的父母关系并不太好，小熊也受了影响，每次考试，大概逃不出二三百分。

而随着一周周过去，小熊逐渐感受到小满和自己很像，一样爱打篮球，一样不服输，一样认定事情就不改变，甚至连做题的想法都还一样。不久，小熊的物理成绩涨了10分、10分、30分，从不及格到及格，甚至还稳定在了七八十分。不久之后，语文、数学、英语、化学、生物，小熊都找小满给他补上了。因为补的课多，有时候小满几乎就住在了小熊家里，来去学校都由小熊爸爸接送。

“小熊他爸爸有时候就说，每次他说他的时候，小熊都要说哥哥是怎么说的。还好他还听你的话。”

到了高考的时候，在去考场的路上，小熊的爸妈坐在前面不说话。小满不断安慰地说着：“不要紧张，将高考看成平常考试……你已经准备好了，为什么要紧张……”最后，小熊考到了500多分，上了一个不错的二本学校。如今，几年过去，小熊还经常会回来找小满打球。

“其实那时候，我也说不出什么来，说的也都是老生常谈。但是，那个时候不是要说些什么，而是要有个人不断告诉你，你可以；告诉你，你都准备好了；在安慰你，关心你，支持你。这样就够了。”

说到这里的时候，小满停顿了一下，双目直视我说：“即使小熊考到的只是个二本，只要他懂得了要靠自己，他的未来也不可限量。不管从什么学校出来，到了一定程度，大家都是一样的，最后靠的还是自己。”或许，他说的也是他自己吧。

家教，对于小满来说，不仅仅是一份兼职，而是他征服这个城市的开始。大学的学费不用父母掏了，经济上完全独立了，正如他自己所说的那样：“人，最终要靠的是自己。”

她

那是小满大三的时候，平时不怎么参加学生会活动的小满不知怎么地参加了那年他们专业的迎新。性格内向的小满并不太擅长与人交流，本以为这次迎新会是个大大的挑战。还好，这次的同专业的新生里面，还有活泼外向、性格开朗的她。

她新到北京，对大学还有着美好的憧憬。没想到，来的第一天就有一个帅帅闷闷的师兄来迎接他们。

“你们都是从哪儿来的呀？”

“甘肃。”“湖南。”

“江西。”

“咦！你是江西来的？你是江西哪里的啊？”

“我是九江的。”

“嗯!”

也许因为是同乡，内向的小满什么都能和她聊上。学校特立独行的老师，故乡的美食，长江里蹦出的一只鱼儿，都成了他们的话题。不知不觉，学校就到了。

报到那天，他带着她和她的父母，帮忙拿着行李，帮忙交材料报到，帮忙找好住的地方。一天下来，两人忙到不行。分开的时候，两人互留了电话，约好有时间一起打篮球。

第一天，小满没有打电话。“她会打电话给我吗?”

第二天，小满还没有打电话。“她怎么还不打电话呀!”

第三天，小满忍不住打了电话：“咱们上次不是说好一起打球吗？有时间没?”

两人晚上一起打打球，逛逛学校，聊聊天，然后送她回寝室。

两天后。

……

“师兄喜欢什么样的女生呀?”

“像你这样的呀!”

“真的呀?”

“当然是，要不，要不……”

“要不什么?”

“要不，你就做我女朋友吧!”

她抿着嘴，半天不说话，小满也不敢发出声音。树叶和风摩挲，“沙沙”地响。

“真的吗?”

“嗯……”

“让我回去想想看。”

第二天，同一棵树下，同一颗星星照着。

“你过来。”

“怎么了？”

“让我亲一下试试。”

“……”

“快点过来啊！”

“……”

“真是的，慢慢吞吞。”

“啵~嗯，原来和哥哥的感觉不一样啊！”

“那时候，自己真傻。不过，也是傻人有傻福。谁也没想到，三年都没成的事，结果五天就成了。用现在的眼光看，是不是还是很快？”

研究生毕业

临近毕业了，对于自己未来职业的选择。小满首先考虑的是户口的问题，在他看来，这不是自己在北京待不待的问题。他已经在北京七年了，四年本科，三年硕士。拿到北京户口，既是对他的一种肯定，也是一种保障。

当时，小满进入了北京某工程设计公司实习，单位方面虽然承诺会帮忙解决户口问题，但是因为名额有限，却难以保证一定解决。为了保险，小满偷偷又在另一家公司提交了实习申请，并很快获得了单位解决户口问题的承诺。但是，第二个公司的待遇却难以让人满意。为了等第一家公司的结果出来后再作决定，小满只好在两家公司之间周旋。

在公司A。

“经理，不好意思。学校那边导师有事找我。真是不好意思!”

“没事，完事了就早点回来。”

“好的，好的。”

赶到公司B。

“经理，学校的事弄完了。”

“弄完了就赶快干活儿吧。”

……

最后，A公司的名额下来之后，小满留在了A公司。

如今，小满已经在公司工作一年多了，工资如今也有一二十万，两三年后也会有三四十万，再加上接一些私活的话，在北京买房是不用愁的。

“我现在在北京大概也算是积累经验与技术吧。北京平台大，各种项目这里都有，我现在还没想过离开这里呢。当然，等以后积累了足够的经验、人脉了，我也可能会离开。可是，谁知道呢?!”

平淡的生活，安稳的幸福

杨　乐

「

外乡人林逸作为一个70后，赶上了大学生毕业包分配的最后时光，并与在大学相识的妻子泽宁一起在毕业之后进了部队，分配了房子并且在北京有了自己的小女儿。而今已经不惑之年的林逸在北京生活了二十多年，对自己的生活、这座城市的看法和感情都十分饱满而复杂。

」

北京这座城，见证了他的成长。

不谙世事的少年，怀揣理想与满腔热血来到北京，品尝过爱情的美好滋味，也遭遇过工作不顺之艰辛。来京二十载，酸甜苦辣，世间百态，都经历不少。无数个日日夜夜的磨砺，他已成长为成熟稳重的男人。他有理想，也有抱负，奈何作为一家之主，责任多，考虑也多。他将责任看得比自己的快乐更重要，屈从于现实，有所失，亦有所得。这样的生活，虽安稳平淡，但的确是幸福的。

“人并不能只为自己而活，你说是吧？”

他总说自己的生活一直很平淡，没经历过大风大浪。听完他的故事，我们却觉得他的生活比他自己想象中的精彩得多。十年如一日的哥们儿，带你今朝有酒今朝醉；此生唯一的恋人，亦是温柔贤惠的妻，和你共筑美满家庭。平淡的生活是主调。一日三餐，柴米油盐酱醋茶。小风小浪则是调味剂。也曾历经艰辛，也曾收获喜悦。

“现在的生活，我挺满足，虽不大富大贵，但也平淡安稳。”

北京，我来了

时值盛夏。

天气如往年一般炎热，太阳将地面烤得滚烫。微风拂过，竟也觉得是热的。这样的时节，这样的天气，是再正常不过的，但对于林逸来说，却异常燥热。繁花、绿荫、蓝天，都无法在他心中涤荡涟漪。1993 年的那个夏天，他面临着第二次高考。也正是在这个夏日，他终于等来了北京印刷学院的录取通知书，踏上了一段全新的征程。

林逸出生于河南省的一个小镇。小镇古朴、自然，虽不如大城市鳞次栉比，灯红酒绿，热闹非凡，却也山清水秀，荷色满塘，异常美丽。他的家境在当地算是优渥的，父母也一直很重视对他的教育。从小成绩优异的他，在高三那一年，却像是进入了叛逆期，把全部心思都放在了玩乐上，学习成绩一落千丈。第一次高考，他自然是落榜。在家人的劝说下，他选择了复读。

复读生活是极为枯燥的，每天都过着家、教室、食堂这样“三点一线”的生活。但在枯燥乏味的日子里，他有更多的时间用于思考。最后两个月里，他进步飞速，连老师都觉得不可思议。

功夫不负有心人。终于，在第二次高考，林逸取得了一个不错的成绩。

高考结束后，估分填报志愿也成了他和家人颇为头痛的一个问题，因为他们根本就没有这方面的经验。对于选大学，他只有一个想法：一定要是外省的。在此之前，他很少去过外地游玩，所以特别想在大学期间去外地转一转，多感受一下不一样的风土人情。就在这时，叔叔为他提供了一个足以改变他人生轨迹的建议：选择北京印刷学院。叔叔说，在那个学校毕业后，能分配到一份不错的工作。于是，他在志愿书上填下了北京的这所大学。

眼看着同学们都陆续收到了录取通知书，而自己却迟迟没有收到，林逸心里既期待，又忐忑。期待而又纠结地等了好一阵子，他终于收到了这所学校的录取通知书，成了一名准大学生，也是村里几十年来的第一个大学生。这让他和家人颇为欣喜与激动。

入学报到前两天，林逸只身一人，坐上火车，前往首都——这个他所向往的城市。在此之前，他对于北京的了解也仅限于在电视和书上所看到的那些。蜿蜒盘旋的长城、威严庄重的天安门、彰显皇家气势的故宫、山水相间的颐和园……这些就是他对这个城市的最初印象。第一次坐火车的他，对一切都感到十分新奇，一边看着窗外的风景，一边幻想着自己到北京之后的生活，也很是快乐。

就这样，带着对未来的憧憬，林逸来到了他的大学，来到了北京。

大学时光，感谢有你

学校位于北京市大兴区，用他的话来说，位置很偏僻。刚入学，林逸就被选为班长，这一干就是四年。他的成绩一直不错，在班里名列前茅。起初，他的大学生活过得很平淡，学习之余，也仅仅是参加一些体育活动。学校离市里太远了，只能偶尔和同学们一起去市里转一转，这与他原先设想的似乎不太一样。

平淡的大学时光同样有精彩的回忆。一帮青春少年，活力满满，虽囊中羞涩，也会想方设法找些乐子。作为班长的林逸，自然是组织集体活动的领头羊。大学四年，虽没有组织过轰轰烈烈的活动，各种小活动却也不少。他们一起出游，一起野炊，一起游戏。四年时光，大家培养出了革命友谊。时至今日，他们仍然经常对酒当歌，侃侃而谈。谈及此处，他不禁露出微笑。这微笑，有怀念，也有留恋，想必这段时光带给他的更多的是美好的回忆吧。

除了同学朋友，另一段美好的记忆应该算是那段单纯的恋爱了。尽管在一开始，林逸并不打算在大学期间谈恋爱，他只想享受"一个人"的自由的大学时光。但如今看来，这只是因为他没有遇到那个终究会遇到的她。不想谈恋爱的念头，在遇见那个对的她时悄然改变。

大三上学期，在一次同乡会上，林逸结识了小他两级的学妹泽宁。这是一个各方面都很优秀的女孩，不论是从学习上，还是从性格上。老乡会后，林逸很快便确定，自己是喜欢上这个优秀的女孩了。一周之后，他鼓足勇气，向泽宁表白。当时泽宁对他的印象并不深，接触也不多，自然也就没有接受他。但林逸并没有放弃。优秀的女孩儿总是有着众多倾慕者，泽宁也不例外。就林逸所知的竞争者就有两个，一个是他的老乡，还有一个则是他的同班同学。

年少时的我们总是饱含激情，愿意为了朋友“两肋插刀”。在林逸追求泽宁还没有成功的时候，林逸的哥们儿也想着要为他做点什么。他们所想到的办法就是帮他赶走竞争者。他们一群人约好了，一起找到林逸班上追求泽宁的另一个男生，半开玩笑半来真的似的“恐吓”他。林逸知道后，又好气又好笑。

尽管有不少竞争者，但对于成功追到泽宁，林逸还是很有把握的。他经常约泽宁吃饭、看电影，对她很是关心。刚开始泽宁总是拒绝，但毕竟是同乡，见面的机会也还是有的。两人逐渐熟络。尽管追求的过程比较曲折，但是在不断的接触中，泽宁也渐渐地喜欢上了这个阳光的男孩儿，被他的坚持所打动。就在这学期末，林逸再次表白，泽宁终于答应了他。

一段平淡而美好的校园恋爱就此展开。

恋爱期间，他们的生活跟以前相比并没有太多的变化。生活节奏还如原先那样，只是由一个人，变成了一双人。甜蜜的爱情并没有冲昏两人的头脑，反而是一种激励。和身边的很多小情侣一样，他们也相约着每天一起去教室自习。偶尔，他们也会出去下馆子、看看电影，犒劳自己。恋爱期间，难免会有些许争吵，争吵时也难免会闹得面红耳赤，好在两人都挺理性，争吵过后总是谁做错了谁道歉，这些争执反而成为了他们恋爱的润滑剂。尽管小矛盾不可避免，但是他们很少爆发激烈的争吵。林逸回忆，他们之间爆发过的最猛烈的一次争吵，大概也只是持续了一周的冷战，过后依旧和好如初。他们的感情稳定得让人羡慕，两人都认定了对方正是自己今生所寻。相似的家庭背景、相似的价值观，使得他们能有很多共同语言，能相互理解。

大三寒假，刚刚确定关系的两人就要面临第一次分离，两人都很是不舍。为了能和对方再多待一会儿，他们买了同一班火车，但不同地的两人终究要暂时分别。到家后，林逸越发想念她。打听到了泽宁住的地方后，林逸决定独自去她家看她。他并没有告诉家里人，只是说去同学家。他也没有告诉泽宁，想给她一个惊喜。他就这样一个人兴冲冲地出发了。林逸倒了两次车，辗转到了泽宁家所在的城市。到的时候天色已晚，他先随便找个地方住下，第二天一早便寻到了泽宁家。轻轻敲门，脑海中全是泽宁看见自己讶异而欣喜的面容。不巧的是，泽宁刚好回老家了。林逸顿时蒙了，完全没料到是这种情况。但年轻时的感情不就是这样，真诚而浓烈，也不计结果，不计得失。

有人说，在大学生涯，有九件必须做的事：抽空学习；常去图书馆；暑假实习一次；交 1～5 个知心朋友；谈一场完整的恋爱；找到自己感兴趣的事并努力去做；勤运动；做一次社会调查；每年去人才市场体会一下。这样看来，林逸的大学时光，虽不能说完美，但也是充实而有意义的。有愿为自己“两肋插刀”的朋友，有情投意合的恋人，有不错的成绩……这些大概都是他最美好的回忆吧。

机缘巧合，就这样成为一名军人

短暂而美好的大学生活即将结束，生活仍要继续。

1996年，林逸大四。毕业之后该何去何从，他有些纠结。他成绩好，得到了保研的机会，是西安的一所学校。尽管这是一次难得的机会，他自己也很想继续学习，但一想到要离开生活了四年的北京，离开自己的朋友、恋人，到一个完全陌生的地方去，未来充满了不确定性，他犹豫了。再三考虑后，他决定留在北京，找一份工作。

那时的北京印刷学院与现在不同，一届只有两三百名学生，学生学的又多是专业性、技术性很强的东西，毕业生找工作、留在北京比现在容易得多。林逸又是毕业生中的佼佼者，不仅学习成绩好，还是学生干部，所以，只要有单位来学校选人，学校就会优先推荐他去和用人单位见面。

1996年年底的一天，他接到学校的通知，有一家单位会来学校面试，让他做好准备。面试官是两位穿着军装的军人，他们问了林逸的个人及家庭情况，以及一些专业性问题。林逸也向他们了解了工作、工资及住房等方面的情况。其实，那时林逸最关心的是住房问题。他当时的想法很简单，自己一个外地人，如果在北京有了自己的住房，别的都不是问题。面试官说单位会负责分房。谈完之后，双方都很满意。跟家人商量后，林逸接受了这家单位的邀约。离毕业还有大半年，他居然就如此顺利地找到了这份不错的工作。

机缘真是一个奇妙的东西，它轻勾小指，风云莫测。生活的轨迹随时会改变，我们永远不知道下一秒会发生什么，下一秒的我们会是什么样的。就像林逸，在此之前他对部队并没有什么了解，也从未想过自己会成为一名技术兵。在他的计划里，自己应该进入广告公司或者印刷公司，从事与自己专业相关的工作。但人生就是这样，充满无数的可能。他就这样成为了一名技术兵，留在了北京。

正式工作前，林逸和其他同事一起参加了军训。他们去了山西的一个小山沟，那里和北京相比太不便利。军训很苦，却也受益颇多，成为军人的感觉越来越真实。在那个封闭的地方，林逸更加想念泽宁。年少时的爱恋，彼此都离不开对方。虽相隔千里，但他们互通信，诉衷情。翻看泽宁的信，是他一天中最快乐的时候。你来我往，短短数月竟也互通了几十封书信。那些书信至今还被林逸和泽宁保存着，偶尔翻看，彼此会心一笑。那是他们爱情的见证，更是他们人生中一段珍贵的回忆。

两年后，泽宁也毕业了。当时收入少，经济压力大，林逸希望她能进公司，那样能挣得多一点。但泽宁坚持，自己也要成为一名军人。她的父亲是一名军人，受父亲的影响，特别希望能进入部队。而已经在部队待了两年的林逸，了解了部队的情况，他认为那里并不适合泽宁，希望她能找一份其他方面的工作，可最终还是敌不过泽宁的坚持。泽宁找工作并不像林逸那么顺利，起先面试的几家都没有成功，她甚至觉得那身军装与自己无缘了，也有过放弃的念头。好在在朋友的帮助下，她进入了一个部队，也成了一名军人。再后来，她也调到了林逸所在的单位。

一开始，林逸的工作还是比较顺利的。他很幸运地被分到了一个和自己专业相关的岗位，工作起来得心应手。在这个新环境里，他颇受领导赏识，过得如鱼得水，自己对这份工作甚是满意。没过几年，他被提升为部门领导。正当一切都步入正轨之时，麻烦接踵而至。父亲重病，前前后后花费十几万元，这对于当时的他来说并不是一个小数目，经济压力可想而知，心理负担更是极重。他一边忙工作，一边还得联系医院，照顾病重的父亲。老家盖新房，他也得出力。经济压力并没有压垮他，他在努力。他去做兼职，跟人合作写书赚点外快。他所做的这一切只有一个简单的理由：让自己和家人过得好一点。

2003 年，他得到了一个去乌克兰留学的机会，在那里学习俄语和专业技术。两年后回国，他发现一切都变了。他的工作岗位变了，他的领导岗位被人顶替；他的领导换了，原先的工作伙伴也成为过去式。工作空前的不顺。他说："我并不是想要当官，想要当领导。我只是觉得，在更高的岗位上，我才能更好地实现自己的价值。"工作的不称心使他颇为烦恼，整个人也格外失落。

好在他并没有就此萎靡。在朋友的介绍下，他调到了单位的出版部门，开始了新的工作。这份工作并不轻松，做项目、加班是家常便饭。现在，他又调回了原来的单位，一切都在往好的方向发展。

人总是想有所作为。奈何理想虽好，现实残酷，总是有这样那样的羁绊，阻挡着我们前进的步伐。很多时候，理想，也只是想想而已。

林逸坦言，自己想过要转业，想要出去闯一闯。他有过创业的想法，想过要成立一家广告公司。他想要成功，想实现自己的价值，想让自己的家人过得更好。但是这个想法最终没能够实现。与目前稳定的工作相比，创业实在是风险太大，家人都劝说他，不要冒这个险。“人的生活，不光是要为自己考虑。”再三考虑之后，林逸还是屈从于现实，选择维持现在这种安稳的生活。

组建家庭，责任为先

再来说说他的感情和生活状况吧。

大学毕业的时候，林逸和泽宁已经基本确定，对方就是自己想要共度一生的那个她（他）。经过一年的相处，他们已经十分了解彼此。双方家境相当，趣味相投。对于这对小儿女的婚事，双方家长也乐见其成。可以说，这时他们的感情道路没什么阻力。至于原因嘛，除了两情相悦以外，林逸承认，相似的家境，父母的支持，都是他们能走到现在的重要原因。“我个人是赞同婚姻要讲究门当户对的，这样双方能有更多共同点，父母也会比较支持，至少家庭矛盾能少点。”“没有父母的支持，我们能不能走到今天也说不准。”这也就像人们常说的那样，婚姻不只是两个人的事，而是两个家庭的事。生活毕竟是生活，不是童话，也不是偶像剧。

尽管两人感情基本成熟，但那时，对于年轻的他们来说，距离婚姻好像差一步。“我们肯定是要结婚的。但是如果不是那件事，应该不会这么快。”

1999年秋，林逸所在的单位有了一次分房的机会，但是，按照要求只有已婚的人才能参加。林逸觉得这是一个不错的机会，错过了这次，就不知道得等到什么时候才能住上自己的房子。他告诉了泽宁这件事，表达了他的想法。泽宁也同意了。

没有精心准备的求婚，也没有闪耀的婚戒，更没有浪漫的仪式，他们就这样匆忙地领证结婚，步入婚姻的殿堂，在北京成了家。关于这一点，林逸一直有些愧疚，没能给泽宁一个像样的婚礼。好在，两年后，他们在北京稳定下来后，回老家补办了结婚仪式。

领证之后，他们顺利地分到了一个 50 多平方米的两居室。麻雀虽小，五脏俱全，对于那时的他们来说，已经很满足了。

婚后，林逸觉得自己的责任更大了。自己现在的肩膀上的重担，并不仅仅是自己一个人，而是一个家庭。他得努力工作，为家人提供更好的生活。他得在北京扎根，将来让自己的子女接受更好的教育。

两个人生活在一起，即便已经很了解对方，也难免会有矛盾。和其他夫妻一样，他们也会为了芝麻大小的事儿争执。但在林逸看来，这些都问题不大。在家人和朋友眼中，他们依旧恩爱。他并没有因为结了婚而减少对泽宁的关心，言语上、行动上，无不体现对她的爱。尽管他平时不是一个浪漫的人，但在一些重要的日子，他也会做出让妻子感动的浪漫举动。遇上结婚纪念日或者一些重要节日，他会带着妻子，或吃饭，或游玩。在她们结婚十周年纪念日的前几天，他偷偷地给妻子买了一件贵重首饰，藏在妻子的枕边。妻子看到后，虽然嘴上埋怨，心里却是甜的。

去乌克兰留学的那两年，为了省下机票钱，他没有回过一次家。在那里同伴倒是不少，大家时不时聚餐、出游。看起来一大帮人，热热闹闹，但夜深人静，回到一个人的宿舍，静下心来，还是觉得孤寂。那时的通信不像现在这样发达，又和家人长时间见不到面，独在异乡，每逢佳节，便更是思念亲人。

最开心的，要数妻子来乌克兰探亲的那段时光。妻子和其他几个同事的家属约好，一起去乌克兰探亲。从得知消息的那一刻开始，他们就着手准备着。路线、酒店、车票，全部安排好，只等她们到来。那一个多月里，和家人、朋友一起欣赏“黑海明珠”敖德萨极致美丽的风光，享受舒畅的日光浴与海水浴疗，感受极具特色的欧式建筑。海天一色，秀丽风光，置身如此景致之中，更觉时光匆匆。

谈及乌克兰当地的生活，林逸很是向往。那是一个将“自由、和谐、美好”置于最高地位的国家。交通便利，人少车多。心情焦躁之时，抬头看看湛蓝的天空，深呼吸，感受新鲜的空气。闲逸的乌克兰人，似乎很懂得享受生活。很多在城市生活的居民，在郊外也有房子，每逢周末和节假日，他们就会驱车去郊外的别墅，或干干农活，或度假休息。一到夏季，几乎所有的乌克兰家庭都选择去黑海和亚速海的海滨度假。到了冬天，他们又会结伴去享受滑雪的乐趣。让林逸印象最深的是，在那里的超市，如果有 10 瓶啤酒，你是不可能一下子都买走的，因为他们还要留给其他有需要的人。也许生活不如北京便利，却也的确有其可爱之处。

就在 2008 年，他们终于迎来了爱情的结晶——一个可爱的女儿。初为人父，自是欣喜。那个与自己眉眼相似的孩子，是生命和爱的延续。也正是在那一年，他们又重新分到了一套 130 平大房子。

一切都在往好的方向发展。

现在，他们一家人和妻子父母住在一起。老两口身体硬朗，还能帮他们照顾孩子，做做家务。日子过得平静安稳。

林逸夫妻俩都是军人，家里并非大富大贵，但他们能在平凡的日子里经营着自己的小家庭，营造属于自己的幸福。孩子爱玩，周末一有时间，他们就会带着女儿到处闲逛，去京郊采摘、去钓鱼、去农家乐、去游乐园。寒暑假期间，他们也会一家人一起去外地旅游。他们的生活就是这样，虽简单，却也幸福。林逸也说，自己在同龄人中算不上特别成功的，朋友圈里有一年能挣几千万的老板，但也有过得很不如意的打工仔。但钱多不一定幸福，钱少也不一定不自在，像自己现在这样简单的生活，倒也挺好。

北京，终究不是我的家

林逸在北京待了二十年，在这里念书，在这里工作，在这里成家，或许这里已经成了他最熟悉的地方。有人说，时间能改变一切。也有人说，再美的记忆也比不上现实的温暖。但对于他来说，这里，始终不是他真正的家。

“对于这个地方，我始终没有归属感。”

在他心里，自己的家乡才是自己的根。浓浓的乡情，或许是一种情感上的依恋。那个地方，那里的一草一木，早已刻在自己心里。环境在变，人也在变，但每每回忆起故乡，儿时那与伙伴嬉戏、与姐弟一起学习的情景，总是历历在目。每次回家，走亲访友，一大家子聚在一起，自是无比热闹。

在北京，尽管他也有不少朋友，有自己的圈子，但大多数时间，大家都得忙自己的事。他不太好经常打扰别人。至于北京的环境，更是让他无奈。灰蒙蒙的天，让他觉得透不过气，心情也烦躁。在他看来，北京，实在是太不宜居。

他也想过，如果自己选择了二线城市，现在的生活会不会更快乐？也许是会活得更滋润，但他并不后悔留在北京，短期内也不会离开这里。因为对于自己的下一代来说，这里有着更多的教育资源和更多的升学机会。出生在河南的他，明白高考对于教育资源相对落后的地区来说，会有多艰难。而这里能给孩子提供更好的教育，也许能给孩子一个不一样的未来。

但谈及未来，他并不排斥离开北京。等到老了，退休了，孩子也大了，自己也许还会再回到家乡，守着那片最熟悉的土地，度过人生最后的时光。

当然，那会是很久之后的事了。

“当初选择了北京，我现在并不后悔。在这儿，我结识了朋友，遇见了爱人。尽管日子也有不如意，但总体还是让人满意的。”

这种平淡安稳的生活，也是一种幸福吧。

道阻且长，唯以梦为引

杨 乐

「

北京女孩叶子和她的丈夫都是青年教师，两人从大学本科相恋，经历了叶子出国求学异地恋以及和男方一起出国读博的历程，爱情长跑终于修成正果，也收获了他们爱情的结晶——一个可爱的小女儿。

」

人生之路曲折漫长。即便是顺风顺水的人生，也不可能完全风平浪静。喜怒哀乐，爱恨情仇。喜悦人人可见，心酸只能自己承受。

她是个北京姑娘，家境丰实，名校毕业，对象优秀。本可以很轻易地靠着家庭，靠着丈夫，过上闲适的生活，但她有自己的坚持。为了自己的目标，她一路探寻。也走过弯路，也有所收获。个中冷暖，如人饮水，只有她自己明白。即便有艰辛，路是自己选的，也是更适合自己的，她并不后悔。人生路靠自己探索，向着自己的目标前行，向着自己想要的生活，再苦再累，终有所得。

“人要有目标，有梦想。每个阶段的目标可能会变，但向它前进的心却不能变。即便到最后也不能完全实现，至少也能实现60%吧。”

“人不能和别人比，要和自己纵向地比较。”

或许到那时，能遇见一个全新的、更好的自己。

北京，我从小生长的地方

北京，虽算不上是叶子真正的故乡，却也是伴她一路成长的地方。

幼时的北京，还不是如今的模样。上世纪80年代，也有湛蓝天空，也有朵朵白云。疏密有致的北京街头，你来我往的老北京人，骑着单车，压着响铃匆匆而过。地坛公园的迪斯科舞，西单大街兜售货物的小商贩、刚投入使用的地铁二号线，满满的童年映像。冬天的冰糖葫芦，夏天的老冰棍，一看别人吃就馋得不行，非闹着买到手才肯挪步。老胡同、小巷子，都是孩子们最喜欢的游戏场地。那时还没有大型网络游戏，也没有小企鹅QQ，更没有各种掌上电子设备，但有的是花样百出的游戏：丢沙包、跳房子、踢毽子、打弹珠……虽然玩得简单，也有别样的乐趣。

爷爷是江苏人，来到北京生活，到自己已经是第三代了。家里算得上是书香门第。父母也都是在北京长大，但他们可以说是时代的不幸者。一场“文革”，多年苦读化作云烟，大学梦就此破灭。之后，他们都走上社会，成了公司职员，组建家庭，其中的滋味也难以言说。改革开放后，生活倒也渐渐步入正轨。本就是书香门第，再加上自身的经历，让他们更加重视对叶子的教育。叶子也乖，专心念书。

日复一日，年复一年，日子也就这样地流逝，不着痕迹。

遇见你，并肩前行

2000年，叶子不负所望，考上中国人民大学。那时的人民大学，刚开始大修建，好多东西都还没有。没有新颖别致的“明德楼”，没有现代化设备齐全的“世纪馆”，也没有现在这个美观实用的教学一楼，整个校园都显得很破旧。但这些丝毫不会影响叶子刚入学的激动心情。

大一刚入学，就像刚出笼的鸟儿，一切都很新鲜。看着周围的同学都在加各种社团，她也跟风报了一大堆，学生会、采薇报社、广播台……还有的甚至现在都不记得名字了。一时脑热的后果就是大一一整年都过得忙乱，也没什么特别大的收获。在那些社团待了一年后，她就把这些全部都退掉了，把大部分精力放在了学习上。

大学时代，是很多人收获美好恋爱的时光，当然也包括叶子这个可爱的女孩儿。大学期间，她谈了人生的第一次恋爱，也是唯一的一次。是和她的同班同学，南恒，浙江人，大大咧咧的，爱冒险，爱运动，很阳光直爽的一个人。大一时，叶子和班里的男生没什么接触，因此两人并不怎么熟。也不知怎地，南恒对她暗生情愫。大二，叶子生日那天，南恒第一次约了她吃饭。虽然有点惊讶，但她还是赴了约，之后也就这么熟络了起来。表白也是南恒为她精心准备的一个小惊喜。一堂课上，南恒当着全班同学的面，送给了叶子一束玫瑰花。“当时确实是挺感动的，我就决定给他一次机会，也是算给自己一次尝试的机会吧。”到现在回忆起来，叶子脸上还是满满的笑意。

在一起的日子里，有甜蜜，也有争吵。“我们并不是同一种类型的人，他很喜欢体育活动，很外向，但我相对来说就比较内向了。但是我们又都是性格很要强的人，都很坚持自己的看法，这也就导致我们后来经常吵架。”年轻气盛的他们，总会为一些鸡毛蒜皮的小事争吵，甚至连做题做得不顺都会吵起来。但这些似乎并没有影响到他们的感情，他们大部分的时间还是很甜蜜的。南恒是个很懂浪漫的人，也会制造惊喜。情人节那天，他在操场上摆了爱心蜡烛，一圈一圈的，围成了一个“心”的图案。这些都是事先准备的，没让叶子知道。来到这里，在众人的簇拥下，接受这个大胆而浪漫的情人节礼物，内心确实是甜蜜欣喜的。

到大三时，感情、学习都步入正轨，叶子开始思考自己未来的路。自己从小就生活在北京，在这里学习，在这里长大，也没怎么出去过。当时的学校，本科生并没什么出国交流的机会，而她特别想体验一种不同的教育方式、不同的文化和不同的生活。和父母商量了一下，她决定出国读研。至于男朋友那边，是想在国内读研，后来也顺利保送到了中科院。虽有不舍，但他们俩都有信心在异地的情况下维持好感情。按叶子的成绩，本来是可以保送研究生的，但她放弃了，决定去英国读研究生。

在那之后就是忙碌而紧张的准备：上雅思补习班、考雅思，写准备材料、寄材料。虽然累，好在还有家人的支持、恋人的安慰。

优秀的她，一共拿到了七所学校的 offer。综合考虑之后，叶子选择了伦敦的一所学校。那是一所很好的学校，“G5 超级精英大学”之一，也是英国金三角名校和罗素大学集团成员，在国际上有着良好的声誉。而她选择了伦敦这个城市，是因为当时的她觉得大城市更加便利，更适合自己。不过现在看来，倒也不尽然。当然这也都是后话了。

海外求学，万般滋味

告别了家人、恋人、朋友，来到伦敦，方觉象牙塔般的大学生活真正是结束了。

刚到伦敦，还没来得及好好欣赏这城市之美，感受这里独特的自然风光，就面临一个严重的问题：她没地方住。那里的学校并不像国内的大学提前给每个学生安排好了住处。一开始，她并没有申请到宿舍，只能借住在一个朋友家里。住了两周，叶子也不好意思再打扰，只好暂时找到了一个离学校很远的地方先住着。和她一起过来留学的一个校友也没有申请到宿舍，两人便约好一起找房子。房子很难找，看上眼的，房租太贵；租金低的，又太远太破旧。在伦敦过的第一个节日是中秋节，那天没有丰盛的晚餐，没有亲人的陪伴，两个身在异乡的学生，还在找寻他们的落脚处。从一个地方到另一个地方，一整天都没顾得上吃饭，但最后还是无功而返。入夜，在回程的公车上，两人分食了带出来的月饼，也算是过了这个节日。家人打来电话，也不好把这苦告诉他们，只能笑笑说自己很好。毕竟，这些都是自己的选择。现在回想起来，还是觉得当时真的是太心酸。

好在在开学的前几天，他们接到通知，可以入住下一批的宿舍。学校的住宿费很贵，自己的宿舍是离学校最远的一栋，也是最便宜的。但即便是这样，这间不到10平方米的房间，住宿费一周也得60英镑，在那时相当于人民币900元，但这也好过自己在外租房。

在那之前，叶子没有离开过家，几乎没有做过家务，也没有做过饭。来了之后，预算紧张，什么事都得靠自己，她第一次有了要省钱、要自我管理的意识。一个人独自在外，生活上出现各种问题。伦敦的生活成本实在太高，住宿费、车费都没法省。她学习忙，也没法兼职，就只能从“吃”上面下手了。她学了做饭，一开始还经常自己做，到后来学习越来越忙，就只吃面包、巧克力这样的方便食品。为了省钱，她每次都会买很多的打折面包。也有不小心吃到发霉面包的时候，那时更加觉得自己真的很惨。在那里住久了，也积累了不少生活经验，哪里的东西便宜，什么时候便宜，她都了如指掌。

学业上更是有诸多的不适应。叶子在那儿学的专业和本科所学的关系并不大，她对自己要求也比较高，再加上语言上的障碍，学起来很困难。课虽不多，但每门课都要求很大的阅读量，很多还都是思辨性的文章，这对她来说难度很大。出国之前，她觉得自己的英语还算不错，去那儿之后才发现，原来自己的英语只能算得上他们的幼儿园水平，听英式英语不习惯，看英文文献也很吃力，更不用说用英文来表达自己的学术观点了。英国的教学方式和当时国内的也有很多不同。来英国之前，叶子接受的大多是被动式教育，上课时只需要坐在下面听老师讲就好了，而英国的课堂对学生参与的要求很高，总会要求学生在课上展示。那些展示对她来说并不轻松，现在回想起自己当时的表现，觉得幼稚又好笑。

这样的不适应，导致她整个秋季学期都过得浑浑噩噩。每天都得看大量的材料，更要命的是，看是看了，对文章的意思却总是似懂非懂。这样的状况持续了好几个月，直到圣诞节之后，她才慢慢适应这种不同的语言环境和教学方式。

生活和学习的艰难，让她格外想家，还有她的恋人。学业很忙，整整一年她都没有回过一次家。虽然和家人时常联系，但是一个女孩独自在异乡的孤独艰苦还是难以言说。很多时候，遇到那么多困难，她都想过要放弃，也想过干脆退学回家算了。但想到这样对自己很不负责，也会觉得很丢脸，就还是咬咬牙坚持下去。这时发生了一件很可怕的事情，让她更想离开这里。2005 年 7 月 7 日，伦敦多处地铁车站和公共汽车在人流高峰期遭爆炸袭击。当时叶子乘坐的公交车还没到终点站就停了下来，说是要疏散人员。回到学校之后，才知道是发生了爆炸案，而且是在离自己很近的地方。当时通信也受到了影响，好不容易才联系上父母，他们也很着急，只好安慰他们自己住得远，应该很安全。但其实她心里还是极为恐惧的。这是她第一次如此真实地感受到恐怖袭击的存在，并且离自己那么近。

在英国的生活的确很苦，但她却说，自己现在回忆起来，却只剩下对这座城市的美好回忆了。而那些当时觉得永生难忘的痛苦和艰辛，好像都随着时间的流逝，慢慢虚化了。也许现在，印象更深的是那种追逐目标的感觉，和那追逐过程中所经历的快乐。

学业很难，但在度过最初迷茫混乱的阶段后，叶子的英语水平有了很大的提升，这也为她之后的工作、学习带来诸多便利。日子很累，也要苦中作乐。学校离市中心很近，没事沿着泰晤士河走一走，呼吸新鲜的空气，欣赏河上的自然景观，领略灿烂的英格兰文明，让忧愁随风而去。在伦敦的那个圣诞节，也不是孤家寡人、暗自神伤。她和同宿舍区的中国女孩去了一个英国同学家里，和同学一家过了那个特别的圣诞夜，在英国第一次享受到了家的温暖。最后一个学期结束后，她终于可以暂时放松一下。一个人，一大早的，很兴奋地起床，倒了一个多小时的车，从城市的东边跑到西边，又排了很久的队，才买到了网球公开赛的票，却也不觉得累。买的是很便宜的票，但还是很开心。作为一个足球迷，也终于如愿看了几场英超球赛。7 月 6 日，叶子来到了伦敦特拉法加广场，和众多伦敦市民一起观看申奥成功的纪录片。当“London”一词从奥委会主席口中说出的那一刻，她和周围的伦敦人一起尖叫，一起呐喊，那时终于有种融入到了这个城市的感觉。论文写到一半，妈妈来伦敦看她，叶子带着她去了附近几个有名的地方。之后一起报了个“七国十二天游”，和妈妈一起去了欧洲的很多城市。虽然都只是走马观花地玩儿了一下，但也算是对欧洲有了初步的认识，了却了之前没能到处逛逛的遗憾。

这些幸福，虽微小，但都是青春的痕迹，也是她追逐更好明天的见证，它们总是触及叶子柔软的内心，在时间的沉淀下，越来越美。每次回想起来，都忍不住嘴角上扬。是的，这些都是我人生经历的一部分。

毕业，回到我熟悉的地方

一年的硕士生活，说长不长，说短也不短。虽然之前总想着尽快回家，但当它就这样结束的时候，也还是会有一丝不舍。但家人和恋人都在北京，自己不想一个人留在英国，再加上当时那些痛苦的经历仍旧历历在目，她决定回北京工作。

回北京之后，叶子和南恒决定结婚。一年的异地恋，两人都成熟不少。有人说，异地恋，恋的不仅仅是感情，还有一种坚持。这种坚持说起来容易，做起来却总是很难。那些以前说着永不分离的人，很多都早已散落在天涯；而那些没在嘴上给对方承诺的人，有的却早已暗暗在心里下定主意。在英国的时候，叶子身边很多朋友也是和恋人身处异地。时间一长，很多人感到孤独，坚持不下去了，和国内的恋人分了手，在英国找了另一个伴，有的甚至没分手就开始找下一个目标。身边这样的例子，很多很多。看多了这种情况，叶子才发现感情的脆弱。原来对于很多人来说，遥远的深深的思念总是抵不过眼前片刻的温暖。好在自己和南恒虽然经常彼此抱怨，吵吵闹闹，却都坚守了下来。自己一个人在伦敦不顺利的时候，还有那么一个人一直惦记着，叶子觉得很幸福。也正是这段经历，让叶子更加确定和珍惜这段感情。

两人家境相当，结婚的话，双方父母也都很赞同。“我和老公也都是‘门当户对’这种观念的支持者。这种观念世世代代都被提及，一直流传到现在，确实是有一定道理的。门不当户不对，并不是钱多钱少的问题，而是两个人思想上和生活方式上的巨大鸿沟，而这种不对等是最能引起矛盾的。”

婚礼很浪漫，满足了一个女孩儿所有的幻想。那是叶子最喜欢的西式婚礼。灿烂的阳光，如茵的草坪上，朵朵盛开的鲜花，感受大自然的芬芳。穿着洁白的婚纱，在家人朋友的见证下，和他许下一世诺言。无论生老病死，我都愿陪你到老。

婚后，日子似乎并没有什么变化。甜蜜的新婚期，你侬我侬；矛盾的磨合期，也会为他的没条理，为她的洁癖，而爆发短暂的争吵。当这些都过去之后，他们就更像是老夫老妻了。叶子一直认为，爱情只能维持18个月，而那种亲人般的爱护和家庭的责任才是更为长久的。“我们俩有共同追求的目标，并且能够步伐比较一致地为了这个目标共同努力，相处过程中也比较真诚自然。”叶子觉得，结婚之后，她和南恒之间更像是一种亲人般的相处，感情也更好了。

回北京之后，叶子开始找工作。她也考虑过是否要从事会计、银行方向的工作，虽然她有那方面工作能力，但那些工作和她本科、硕士阶段所学完全脱节。她有自己的坚持，想将自己所学的学以致用。很快，她就找到一份还不错的工作，那是一个总部在华盛顿的NGO①，主要从事林产品贸易和非法采伐方面的研究，工作内容和她的教育背景很是对口。

在那家公司工作的那一年，叶子过得很闲适。工作内容就是做研究、写报告，这些都是她很熟悉的。她可以很灵活地安排自己的时间，大部分时间都可以在家里办公，工作不忙的时候甚至可以在工作日休息或者出去玩。这种安逸的生活，短期内还觉得是

---

① NGO，非政府组织（Non - Governmental Organization）的英文缩写。

一种放松，可时间一长，就会觉得很没有意思。以前上学的时候，叶子每一年都会做总结，看看自己的进步和不足。一年的工作结束后，她竟然很难发现这份工作给自己带来了怎样明显的提升。而且，这份工作必须要表达符合组织价值观的观点和意见，写的报告做的研究也并不像学术文章那么科学规范，更多的是一种大众化的东西。这些都不是她想要的。

换一个环境，或许会更好

“我想换一个环境，换一个能表达自己自由观点的工作环境，能做更具科学性工作的地方。”这时，南恒也已经硕士毕业，去了瑞典读博士。叶子决定过去陪他，顺便看看有没有更好的发展机会。

学校在哥德堡，那里是瑞典第二大城市，但比起伦敦、北京这样的城市，似乎有很大的不同。城市人不多，只有50多万人口，当地人都很淳朴友好。没有鳞次栉比的高楼，没有车水马龙的街道，这座城市看上去并不国际化。叶子本以为自己更适合在繁忙的大都市生活，但在哥德堡生活了一阵子，却发现并不像自己原先所想的那样。这个城市，虽不如北京便利，却也很适合生活。海天一色，山水风光，古老的欧式建筑，都别有一番风味。生活在那里，远离喧嚣，内心宁静，很适合做研究、搞学术。

刚到这里时，叶子跟着南恒在学校里听了很多课，被那种学术氛围所感染。第二年，她决定申请这所学校的博士，之后顺利地被录取。由于之前在学习和工作环境中大多接触英语，在这个时候已经没有语言障碍了。学的是经济学，按部就班地跟着老师学，倒也游刃有余。

叶子和南恒在那里租了一个房子。在这里念书比当时一个人在英国要好得多，生活上有丈夫的照顾和陪伴，自己靠着博士奖学金也有了经济来源，日子过得安稳充实。3 年后，南恒博士毕业，小两口又要面临一个重大抉择。对于今后的居住地，叶子并没有特定的要求，并没有说一定要回北京，但南恒坚持要回国工作。在他看来，生活在国外，社会归属感很差，也很难进入主流社会，而在国内得到社会认可的可能性相对更大。南恒回国后，很顺利地进入一所大学任教，两人再次分隔两地。

2012 年，叶子的博士生涯进入最后一个阶段。她和南恒商量之后，决定在这时候要个孩子。这样既可以享受瑞士优厚的生育福利，也能减少对以后回国工作的影响。一年后，他们有了一个可爱的女儿。有了孩子之后，必然要把大量的时间和精力花在她身上。虽然累，但看着她一天天长大，也觉得一切都值得了。

再次回到北京

经过这么些年的探索，叶子已经基本确定了自己的工作方向。她决定去大学任教。即便这份工作相对于投行等职业来说，收入并不算高，但这是她喜欢的，也和她的能力相符。她对做研究很感兴趣，这种站在巨人肩膀上推动学术发展的工作让她很有成就感。教导学生也很有乐趣，能帮她保持年轻的心态。她也已经习惯了做研究、上课的生活。再者，她想让自己这么多年来积累的知识、人脉等资源发挥最大的作用。

从前辈那里得知，在每年的美国经济学年会上，都会有各个国家的高校招募教师，叶子决定去试试。家人都在北京，她是想回北京的。但是担心不能顺利地拿到北京的offer，她将求职范围锁定在国内以及周边地区的学校。精心准备后，她投了不少简历，也接到不少学校的面试通知。2014年年初，经济学年会在费城召开，她从北京飞去那里面试。费城很冷，还下着大雪。酒店里，人山人海。来自世界各地的求职者，西装革履，打扮精致，行色匆匆。一天时间要面试十几所学校，忙碌地穿梭在各个大学下榻的酒店，倒也不觉得冷了。面试官们貌似很认真地听你介绍你的研究，听你推销自己；和不同学术背景、不同观点的面试官聊天、探讨，有时候甚至会争论，是很特别的一次经历。刚开始面试时还会有些紧张，到后来甚至有些麻木了。一天的心情也会随着面试情况起起落落，时而欣喜，时而失落。

面试结束之后，是痛苦而紧张的等待，有事没事总会多刷几次邮件。叶子收到了几所学校的回复，最终挑选了北京的一所高校。她又回到了北京工作。

任职的第一年，她是不需要授课的，相对清闲一些。她和丈夫都是独生子女，都觉得独生子女会比较孤单，同时也觉得要两个孩子更能规避风险，不管是对孩子，还是对他们自己：夫妻俩发生什么意外，两个孩子还能相互照顾；一个孩子出了什么事，也不至于会对他们造成毁灭性打击。本就有要二胎的打算，这时正是一个好时机。现在，她正怀着他们的第二个孩子。

对于当前的生活，叶子挺满意，找到了合适的工作，小家庭也经营得很好。她很幸运，丈夫对她很好，婆婆也不是难相处的人，沟通起来也比较容易。工作忙碌，又有孩子需要照料，好在他们还有双方父母的帮忙。看上去，生活倒也和和美美。

采访的最后，我们问到了她对未来的设想和规划。

“对于未来，家庭是第一位的。不管孩子今后能有怎样的发展，首先希望的是他们能健康平安地长大。工作上，希望自己能一直有研究的动力，把研究做下去，能有点成果就更好啦。”

她一直都是一个很有想法、很有规划的知识女性，一直都是靠着自己打拼奋斗，没想过要依靠着谁生活。这些都是她下一阶段的目标，或许，也会是她今后前进的方向和动力吧。

让公益梦在自由的土壤发芽

——外地女孩在北京坚持公益梦想

付鑫玉

「

家庭状况较好的年轻女孩小嘉立志投身于公益事业，也因公益工作的机缘巧合结识了两位男朋友，但是因为种种原因并未修成正果。而今，小嘉虽然仍然单身一人，但是心中始终秉持着对公益的执念和对爱情的期望。

」

“我跟第二个男朋友都已经快要见家长了，但是因为他不支持我的工作，所以我们分手了。他甚至都没有想要了解一下我的工作内容，一味地认为公益就是作秀，对社会完全无用。我可以换工作，但是决不会离开公益圈。我不想因为任何一件事放弃公益，失去自我。”

——小嘉

“走入公益圈，我觉得自己是个幸运儿”

小嘉出生于河北省一个高干知识分子家庭。她的父母不希望她输在起跑线上，便努力让女儿在北京落了户口，大学时在北京某高校修读了理工类的专业，2011 年顺利毕业。

被问及在京多年有什么让她觉得是改变自己命运的事情时，小嘉说，是她在刚入大学时遇到了一位领路人，这让她的生活从此和公益再也不分开。

2007 年，正是大一的小嘉偶然结识了北京的一些特别有爱心的环保人士，她每周都会跟着他们爬山捡垃圾，在锻炼了身体的同时，小嘉结识了很多朋友。这其中，就有她的引路人，一位中国人民大学的博士。小嘉亲切地称呼他是一位“大哥哥”，在大学期间，“他一点点把我带到了公益圈，从此走上了公益的路”。跟着这位引路人，小嘉一点点开始做公益，从环保做到禁毒，从禁毒做到奥运会。然而 2008 年的奥运会志愿者工作只是小嘉公益路的起点，尽管那时的她没有多想，也并没有想过自己将来会在公益这条路上一直走下去。

受家里的影响，小嘉大学毕业之后进了一家央企，高薪、稳定、福利好，将来有可能还会分房子，是一般人眼里的“金饭碗”。可是她渐渐发现，那时的她“在二十岁的时候，觉得就能看到自己六十岁的生活状态”，认为未来还很长，不想让青春就这样度过，她并不想要现在这样的生活。“房子、高薪，我们拼搏一段时间都会有的。我只知道，我在这里不开心。这不是我想要做的事情。”

于是小嘉在工作了半年之后，瞒着家里辞职了。后来虽然得到了家长的理解，可是亲戚们却觉得，“女孩子就是应该稳稳当当的，干吗要离职”。但是，小嘉并不后悔。相反，她觉得如果不是当年没有顾虑太多，冲动离职，她恐怕一生就要与钟爱的公益诀别了。谈及此处，小嘉很骄傲地表示，“公益圈有很多种这样的牛人”。比如现在与她同一基金会的朋友，本来在重庆有一份稳定的高薪职位，单位包吃包住，月薪上万，可是即使这样，这位朋友还是选择了放弃所有已有的事业，投身于公益当中。

离开国企之后，小嘉曾在一个朋友创业的 NGO 中就职。NGO 就是非政府组织，公益性是这类组织的显著特征，他们不以营利为目的，在环境保护、扶贫开发等方面付出了很多努力，也作了很多的贡献。然而在中国，NGO 的发展远不如国外成熟。就像大多数 NGO 一样，小嘉所在的这家组织，最终也难以运作下去，不得不宣告失败。

那时的小嘉有些迷茫，自己是否要继续从事 NGO 行业，还是转型企业？毕竟公益圈的薪资低、职业发展困难，工作和休息时间几乎杂糅在一起，未来种种现实问题都要考虑。可是她最终还是选择了公益，“放弃真的心有不甘”。然而现实又一次让她失望了：她于 2012 年进入了一家以拓展培训为主要内容的 NGO 工作，“我承认他们是很好的培训师，但是他们不是很好的公益实践者，他们从来都是用培训、自上而下的眼光来看待别人，不管是什么样形式的、什么项目。但我想做的是公益”。然而经历了这次，小嘉却开始对未来感到明朗，不再为之前有关现实的想法犹豫不决：

“要做公益，这就是我想要的。”

最终，公益圈内的一位朋友推荐小嘉来试试某基金会即将启动的一项基金的全职岗位，基金用于守护失去依靠的女童们。小嘉觉得这个项目符合自己心中的公益梦想，很适合自己，于是就在这里稳定地工作下来。小嘉说：“这些失依女童真的很可怜。我们第一次去的时候，给她们带了香皂做小礼物，可是她们都不知道那是什么，因为大部分人一辈子都没有洗过澡。如果亲自到现场去，看到那些孩子生存的状态，看到她们无辜、清澈但是有些畏惧的眼神，心就像针扎一样痛。总想为她们做点什么。”

失依女童项目的运营已经逐渐步入正轨，小嘉也越来越忙。“因为我上班，别人也上班，等人家下班了，一看手机，看到我们的项目，就打来电话了，这是常有的事儿。所以我们下了班都还守在电话旁边，往往一直自愿加班到九点或十点钟才回家。”当被问到为什么可以坚持的时候，小嘉笑笑说，“公益圈的流动性很高的，有很多人都最后屈从了现实，这是正常人的正常思维。其实也怕坚持不住，也得考虑现实，但我总觉得自己还年轻，我还能坚持，就想趁年轻多做一点儿”。

“感谢公益让我认识了第一位男友，可惜如果要在北京成家，还得考虑现实”

小嘉与她的第一位男朋友，是做公益时认识的。那时候，两人一起负责一个支教类的项目。他就读于四川某知名高校，异地恋一年。可惜有缘无分，临近大四时，两人分手了。

小嘉说，他们到现在还是很好的朋友，无话不谈，除了感情。因为，“我们注定没法在一起”。这段感情的最大挑战，不是两人的异地之苦，而是家庭的原因。小嘉的家里花了大力气才让她在北京落户，就是希望她能够在北京成家，可是男方远在成都；不仅如此，“那时候也有点意识了，有太多事情要考虑。我和他的家庭，不说太悬殊，就是城市和农村的差距。”男方非常优秀，可是家里来自农村，上有哥哥姐姐，是典型的务农家庭。然而小嘉家里却认为，婚姻不仅是两个人的事情，而且是两个家庭的事情，于是希望她能够嫁一个门当户对的男孩子，至少两边的家长要能聊得来。就这样，小嘉和第一位男友的纯爱公益之恋夭折了。

经历了几年公益圈工作之后，小嘉表示以后也不想在公益圈内发展未来的终身伴侣，一是因为公益圈比较混乱，二是因为国内的公益圈实在太小了，基本上该认识的也都认识的差不多了，没什么发展的可能。

小嘉的家庭条件不错，早些年，在把小嘉的户口迁到北京海淀之后，一家三口就已经在北京近郊买了一套房子，但是小嘉表示坚决不会裸婚。她说，自己小时候有过一段动荡不安的日子，觉得租的房子永远住着不踏实，毕竟那是别人的。所以将来结婚的时候双方至少各要一半首付，最好能交全款。即使要贷款，贷款的期限也绝不应超过十年。“如果我从 25 岁开始贷款，我要是贷 20 年，那我就快 50 的时候才能还清。这可是我人生最好的 20 年啊！想到每天一睁眼就是欠银行那么多钱的痛苦，还不如自己苦几年，拼几年。我真的不想一辈子都拴在贷款上。当年我爸妈也是贷款买房，几年就还清了，那为什么我不能做到呢？”

设想未来婚后的生活，小嘉说自己有几条原则决不会违背：

一是自己绝对不会放弃工作。因为女性一定要有自己的社交圈子，否则夫妻双方的距离就要渐渐拉开了。

二是工作和家庭要“平分秋色”。小嘉不会因为家庭放弃自己所热爱的公益事业，结婚以后为了有更多的精力可以照顾小孩子，她可能会考虑换到企业的社会责任部门/公益部门工作，但是也绝不会离开公益这个行业。小嘉说，她很认真地考虑过“丁克”，因为从怀孕开始就会有好多事情都不能做，比如不能坐飞机，而生完孩子一年多的时间都是离不开孩子的，“太麻烦了”。她甚至开玩笑地说，“大不了就助养一个孩子，等到长大了就领养，反正他也是失去家庭依靠的。”

三是她不会像很多家长一样，比如要求小孩儿一定要考哪个学校或者学什么东西，她一定会顺着他自己的兴趣发展。“爸妈不一定能为你做出最好的选择”，比如小嘉当时毕业找工作，她的爸妈就想把她按在央企，但是事实证明这个决定是错误的。“爸妈看到我现在的改变，他们真的理解只有公益这条路才是我发自内心热爱的东西。”

作为一个注定要在北京落户的姑娘，小嘉拥有属于90后女性的时代思维，独立，好强，热爱事业；而她的择偶条件说简单也简单：家庭条件差不多就行，不需要太好；希望两个人能在一起奋斗，有共同语言。但是这样的条件却也是苛刻的，尤其是对于从事公益性质工作的女性来说。

“他不支持我的工作，我只能选择跟他分手，虽然心里很痛”

小嘉拥有很多关于未来的设想，她的这些想法或许有些特别，在老一辈的人看来或许都不能接受，可是她就是遇到了这样一位能够完全理解她、包容她的男子。

“我和第二个男朋友是在大四实习的时候认识的，我又和他正好有一个共同的很要好的朋友，一年多之后在一起了。”男友是北京人，一直就职于小嘉刚毕业时工作的那家央企。两人的感情一直非常好，男方很尊重小嘉关于未来婚姻和孩子的各种想法，在小嘉做出离开央企的决定时，他也选择了无条件支持。在小嘉频繁换工作的两年间，也一直默默地支持她，在一起近一年之后，两人已经到了谈婚论嫁的地步。可是，随着小嘉的工作在基金会稳定下来，渐渐地，两人的矛盾凸显了。

小嘉在基金会刚刚入职时需要负责一个慈善晚宴的项目，那段时间，在晚宴准备阶段，她有非常多的对接工作需要做，晚宴结束之后也不能放松，她还要做很多的财务工作，以至于那段日子几乎每天晚上都要加班到八九点。她回男友消息的速度非常慢，结果引来了男友的不满，“别人都不忙啊，怎么就你这么忙啊?”

男友在央企的工作十分规律，朝九晚五；可是小嘉在基金会的工作却不同，捐款人往往白天还有自己的工作要忙，下班了看到公益募捐的消息才会联系基金会。于是小嘉在下班之后的时间，比如8点钟，电话就不间断响起，常常一忙就要忙到夜里两三点钟，与男友的工作休息时间可谓是完全颠倒。

直到这时候，男友才问起小嘉具体的工作性质，小嘉很骄傲地说自己从事公益基金的工作，是为失依女童寻求资金支持。可是男友一听却变了脸，当即要求小嘉换工作。开始，小嘉尝试跟他解释自己具体的工作内容，希望能够得到男友的理解和支持，可是对方却毫无了解的意向。一来二去，小嘉心里十分委屈，“咱们俩就两条路，要么你支持我工作，要么咱们俩分手。你要我换工作，可以换，但是我绝对不会离开公益圈。”小嘉的态度很强硬，双方执拗不过，分手了。

“其实自己心里也会很痛，但是他现在就要求我这样，以后会要求更多。我不想因为任何一件事情失去自我。他根本不了解，在公益圈，还是实实在在做事的人多。”

“现在我的择偶条件又要修正一下了，第一绝对不能抽烟；第二，他可以不支持我做公益，但是绝不能反对。就是他可以对公益保持一个中立的态度，但是绝对不能反对我的工作，更不能诋毁公益。”

小嘉说，“其实我也有长远的打算，结了婚之后可能会考虑换工作，比如到企业去做CSR②，薪水会高一些，也不像在基金会这么忙。很多大企业都会有一个专门的公益部门，但是不管怎么样，我一定还会是坚持走公益这条路的。这已经成为了一种习惯了，如果你不让我干的话，我可能会觉得少点什么。”

小嘉每个月连租房带吃喝，支出四千到五千元，这正好是她的工资。福利待遇几乎没有，除了每年过生日的时候会有200元爱心

② CSR，企业社会责任（Corporate Social Responsibitity）的英文缩写。

卡，别的都没有了。这是公益圈薪酬的平均水平。“虽然每个月都过得紧巴巴的，但是我快乐。我知道，这就是我想要的生活。”

“现在我不想说要在多少岁之前把自己嫁出去，要顺其自然。”相信小嘉一定会等到那朵包容、理解、尊重她公益梦想的爱情之花绽放。在敬佩小嘉的同时，我们也不由得开始思考，或许这样的公益梦想只有在北京这样的一线城市才能实现吧。目前来看，只有包容性强、自由的土壤才能让易碎而珍贵的公益梦生根发芽。感谢许许多多像小嘉一样的公益人一直在奋斗、努力，相信这份大爱总有一天会洒满中华大地。

不排外，是你的温柔

付鑫玉

「

楠哥，江苏人，因为家境不好，被迫中断学业在北京奋斗。12 个年头之后，从最底层一点一点奋斗上来的楠哥也在北京安家成亲了。选择北京，很大程度上也是因为它的包容和人气。回首这十几年的经历，各种心酸和回甘，只有自己最清楚。

」

“当时我是哭着离开学校的，因为自己家境不好，实在没有办法。”从被迫离开大学走入社会，不知不觉，楠哥已经在北京拼搏了近 12 个春秋，也曾没有安定长期的住所，也曾碰壁受挫“揭不开锅”，也曾尝试在别的城市奋斗，但他终究选择在北京安家：“北京排外的感觉很少，做生意的外地人很多，但北京都选择包容。”从被迫提前走入社会的迷茫南方小伙儿，成长为今日精英职业经理人，这是楠哥用青春挥洒的梦想故事。

“即使性格内向，也得选择做销售”

楠哥的家乡在江苏徐州，2003 年考到北京上大学，但大二时因为家里条件不好，交不起学费，只好提前走出校门。“仔细一算，我来北京都已经 12 年了，真是很不容易。”

楠哥的工作经历其实很简单，严格来说，就分为两大类，先是做电话销售，后来开始做猎头顾问。但是他经历的公司很多，“电话销售那会儿起码得五六家，猎头的话经历三家”。当时住的地方也总是随着公司的变化搬，“我在北京住过的地方可多了，我可能比一个地地道道的北京人都更了解北京”。楠哥住过好几个区，丰台、房山、海淀、朝阳、通州、昌平，搬家至少十几次，就这样，一晃在北京过了近 7 年的时间。

其实楠哥刚离开学校的时候，“非常茫然，都不知道该找什么样的工作”。那段时间，他在学校旁边的一个村子里住了两个月，租了一间西屋，80 块钱一个月。房东是一位老大爷，人不错，“平时我也不知道该做什么，没事的时候经常去他那个炕上坐坐，看看电视。只记得那个冬天很冷，西屋很冷清，但是也不想往人多的地方去。”

两个月后，老师把他推荐到一家广告公司工作，工作相对来说也比较简单，基本上就是拉一些广告，还有做一些会议的组织，从中赚提成。“我其实是一个挺内向的人”，但是因为没有正规的学历，“我没有选择”，只能做对学历没有要求的工作，那时候销售的工作机会多，于是就进入了销售这一行。幸而老师也比较了解楠哥，这份工作不是面对面销售，“我做那个工作不自信，或者说，有挑战”。就这样，楠哥最终开始了自己的电话销售之路。

那时候公司在北四环，“我和同事就在附近的一个四合院合租，公司每个月给底薪600，再加一些提成。”房租就大概占到300元，日子过得很紧。工作了四个月，提成却没拿到一分，“当时那个项目比较难，是要找企业里的工会，让他们在期刊里面做广告，封面2万，封底1万，插页8000。但是你知道，工会是没有什么钱的，你跟他要个几千块钱是很费劲的。当时我有个同事是老业务员，才成了一两个。我一单都没成，就选择了离开。”

“其实我非常感激那个老师的，那个工作实际上比较单调，工作内容很简单，就是找到人，发传真，找到人，发传真，比较无聊。这也是我后来不愿意做的原因。但是我也学到了不少东西，比如知道全国的区号，随便说一个城市，我就知道是哪个省的。很多人或许没有概念，但是我对全国的布局都很清楚。最重要的，虽然只做了四个月，但是我懂了很多东西，起码我迈出了第一步，有了这四个月的经验，我就做了培训的工作。”

2008年的时候，楠哥进了一家公司，工资1800元，福利一般，没啥补贴，但是提成是一年提一回。现在楠哥的工作，提成是一个季度提一回。可以说几乎每个月靠那点儿基本工资过日子，很苦。公司那时候给定了一年的工作目标是6万，可是楠哥只完成了三四万，所以一分钱的提成都没有。而且公司为了怕跳槽，总是压着一个月的工资不发，“到我最后走的时候，扣我那一个月的工资也没给我”。“我本来是发了工资，交房租，发了工资，交房租。那时候住农业大学旁边的学生公寓，本来很规律，但是这一个月不发，我就有点揭不开锅了。”

当时楠哥住的学生公寓是四个人一间，上下铺，可即使这样他也没能凑够房租钱。考虑到家里的情况，楠哥不好意思跟家里人要钱，就选择跟北京的一些朋友，主要是大学同学借钱。“其实我很少开口的，当时要借 500 块，可惜，可能有各种各样的原因，没有借到。说真的，我觉得我平时和人相处都是不错的，起码我赚了钱，我是肯定会还的，而且时间也不会长，两三个月而已。”后来是一个回河南老家做村官的同学答应借钱给楠哥，当时楠哥跟他借了 300，“他给我打了 500，后来我就还了他 600。”

楠哥说，“做猎头也是误打误撞”。当时他上午去参加了一个面试，那家公司当场给了 offer，通知他周一上班。但是正好又有一家公司，说是人力资源咨询公司，要招咨询顾问。“我当时想咨询顾问是什么，反正也没事干，就去了。面试看看吧，坐了一个多小时的公交车，我一听，做猎头，我觉得这个工作比我之前做的有意思多了，自己能挣到钱，还能帮助别人，帮别人找到工作，帮我的客户找到员工，自己还能从中获得一份个人收益。我是觉得这个工作比我之前做的有意义，我是发自内心觉得有意义。”

一晃时间已经悄然过去了 7 年，在这 7 年里，楠哥换过很多次工作，搬过很多次家，工资从最开始的 600 块底薪到现在翻了几倍，一路艰难。但是楠哥始终没有放弃学习，2005 年楠哥开始工作，后来就是边学习边工作，再后来取得了自考的学历。

“工作了之后才知道学习是多么值得珍惜的事情。这不是时间的问题，而是状态，好不容易有个周末，都不愿意想工作的事情，更不用说拿起书本。选择这种方式注定就是要更辛苦，好在自考的 16 个课程我都坚持考下来了。”

“娶的老婆超给力！”

从 2005 年以来，楠哥没有过多地考虑个人的婚姻问题，只是忙碌着想怎么能改善一下自己的生活，改善一下自己的生存状态，一直处于这种挣扎当中，至少得有三年的时间。

楠哥说，其实在北京谈恋爱是一件奢侈的事儿。主要是没有能力，最起码得工作稳定、收入没问题。2008 年以前，“挣扎在温饱的死亡线上，发工资、交房租；这个月不发，马上就断粮。哪还能顾得上谈恋爱。”

“但是 2011 年到 2013 年对我来说是比较重要的”，因为 2011 年楠哥有机会进入一家比较大的公司，五险一金都有。在那家公司，楠哥的工资连涨了三次，那时候最大的花销依旧是租房，在通州，和另外一家合租一套两室一厅的房子，每个月 750 元。日子开始过得有点油水了，最重要的是，“2011 年认识了我老婆，2011 年涨工资了，爱情事业双丰收。我是在这三年生活逐步稳定了下来，找到自己的归宿，又在业绩最好的时候跟我老婆结了婚。”

楠哥和嫂子认识，是 2011 年，那个时候楠哥工作各方面算是比较稳定了。认识的过程也比较简单，通过 QQ。这段感情一直从线上走到线下，十分靠谱，一直走到结婚这一步。说到嫂子，楠哥的脸上满是自豪，“我老婆和我是属于一类人，做什么事都比较认真，没有那种玩儿的态度，所以我们发展得也比较快。2013 年的 2 月领证，2 月底就买的房，当然啦，房子写的是她的名字。”

“当时她来加我，就是加着玩儿的，是因为喜欢我的网名。那时候有一首歌叫《梦驼铃》，我很喜欢，一搜才发现，有那么多人都叫梦驼铃，我就想往里面加字，改成了‘梦扰驼铃声’。”那时候嫂子正巧在找新的工作机会，楠哥作为猎头顾问就成功推荐嫂子找到了新工作，两个人的接触慢慢多了起来。

楠哥说，其实自己都没求婚，“我们俩都是属于默认型的”。楠哥自己回忆说，第一次见面的时候，嫂子穿了一件红色的连衣裙，第一眼看就很好，一看嫂子就是很单纯的姑娘，没什么更多的心眼、心机。

楠哥和嫂子买的房子在香河，首付16万元，“在香河买房子就是图个便宜”。而且在北京买房子，外地户口需要5年的纳税证明，我那时候也没有这个指标，因为之前那几家公司都是不给上保险的，所以不够5年。再者说，通州五环外的房子都两万多一平了，我买的房子才4800一平，总共下来50多万，能承受。家里两室一厅，96平方米，住着也舒服。

买房的过程还算顺利。2013年2月要买房，可是当时楠哥手里边只有8万块，“我的领导借给我一万五，当时合租的室友借我一万，我弟弟借了我一万，再加上我刷信用卡，也就够了。3月份发提成，7万多，外债基本就还清了。2013年年底要交契税，也要交当年的物业费、取暖费，加起来两万多，我又刷卡，紧接着又发提成3万多，就这样一边刷一边还，2014年5月花了8万多装修，前后算算总共二十七八万。现在也没有外债，全都还清了。”

楠哥说，“娶这个老婆比较给力”。因为嫂子家里没有跟楠哥要一分钱彩礼。“她妈也没跟我要，就说买房不添加了，彩礼也就不要了。其实他们心里还是想要的，但是没要，我也没提。当时她要是真跟我要，如果既买房，又给彩礼，我是娶不上的。我家里面又不能支持我这8万块钱，而且我不想跟家里拿钱。所以说，娶的老婆比较给力。”

说到这儿，楠哥沉默了一下，然后说：“其实我老婆当时还有更好的选择。她有一次回家，家里就非得让她相亲。那个男的家里是做药材的，开奥迪，给我老婆买了一堆吃的，还送她到火车站回北京，人长得也还不错。而且那男孩会唱歌，会弹吉他。我五音不全，还那么土，我觉得时间长了老婆肯定会嫌弃我。因为她那时候长得也很好看，回老家确实能找到有钱人。所以我很感动，也很感激，我老婆最终也没有改变心意。”

“很庆幸为下一代打了一个好基础”

现在，“苦尽甘来了，每天跟老婆一起上班，一起下班，最近也在看车，上个外地的牌照，买个车。现在我俩上下班是公交车，从香河到国贸，一个半小时，6点半起床。买个车，就能接送我老婆了，方便很多。”

采访当日，我们得知嫂子已经怀孕了，两个人对即将到来的小宝宝都充满了期待，“以我们现在的经济条件，养一个小孩没问题”。

“其实这几年，我特别欣慰我的老婆也是有成长的。起初没有彩礼，她对我的父母还是有意见的，觉得自己受了很大委屈。除了这个，因为家里的情况不好，我们的婚礼还没有办，我本来打算2014年过年回家办，但是家里可能怕钱不够，想要贷点钱给我办婚礼，我就说从我这儿拿就行了，但是我老婆不愿意，觉得婚礼就应该家里给办，这事儿就没成。不过今年过春节在她们家办了婚礼，请亲戚朋友吃了饭，她对我父母也没有那么多的排斥了，也会主动提出来让我给家里寄点钱。现在我想，干脆旅行结婚算了。之前总是很忙，都没怎么陪过她，今年估计会去，目的地大概是广西海南一带，反正肯定是南方。”

回想起来到北京这12年，楠哥的感慨很多。“起初只是对于北京的一个向往，小时候没有去过很多其他地方，包括上海、北京、深圳，但是对北京更加向往，这是很单纯的目的。我去过南方，也在上海待过，还是比较喜欢北京，不是因为气候，主要是这种生存状态，对我来讲更能接受一点。上海适合一些比较成功的人士，一些富商还是能生活挺舒服的。上海公交车单行道，上海生活用方言，排外的东西比北京要明显得多。因为在北京做生意的大部分都是外地的，上海的当地人还是很多的。不过我们俩很欣慰，因为我已经为下一代人打好了一个基础。”

“北京人真的很幸福，最起码不用担心吃住，只需要考虑有没有一个更好的工作，这是更上一层楼的努力。但是我不一样，我得更加努力，才能达到目前北京人已经有的生活状态。”

北京漂泊12年，终成好事。楠哥说，他觉得北京跟别的地方不太一样的地方大概是它具有强大的包容性。北京，无论出身如何，只要努力，这儿就是可以实现梦想的地方。

越努力，越幸运。大北京，感谢你“不排外”的温柔。

异地十年，相爱永远

李梦抒

「

北京一所著名高校的青年教师子皓和其妻子李雪是同乡兼高中同班同学，然而两人在高考后一起经历了长达十年的异地恋爱，在子皓从澳洲读完博士之后终于修成正果。而今，子皓与李雪在北京过着幸福的生活，虽然平淡但却温馨。天地虽大，此心安处是吾乡。

」

亦舒曾说，很多时候，因为没有选择的缘故，人们往往走对了路。在这个物欲横流、挑战与机遇并存的世界里，每个人的选择都不是唯一的。有的人选择了简单，从此生活就不再复杂。

子皓和李雪异地分隔将近 10 年。2015 年 3 月初，我们找到了他们二人，请他们为我们讲述那段从相识到相爱，到喜结连理再到安家北京的故事。虽然他们讲得云淡风轻，但我们能感受到平淡语气背后不平凡的生活体验。

今生有缘伴永远

子皓和妻子李雪都是江苏南通人。他们年纪相仿，都生于20世纪80年代初。两人家中的条件都算一般，幸而他们对物质上的需求都十分简单。但正是这种相同的价值观让有缘相识的二人执手偕老，情比金坚。他们在同一所高中就读，高一高二时是同班同学，高三文理分科，子皓选择了文科而李雪读了理科。听起来或许奇怪，大多数男生逻辑思维要强于女生，因此大多读理科，而女生记忆力、语言表达能力普遍好于男生所以多选择文科。子皓和李雪却恰恰相反。子皓更喜欢广泛阅读，虽然理科也不差，但理解和表达能力更好，本身儒雅的样子也更有文科的气质。李雪则是简单的女生，不喜欢那些深奥的阅读理解。由于选择了不同的科目，他们也被分到了不同的班级。或许正是这不同于常人的偏好让二人更加默契。

高中时代，双方的心旌就开始为彼此荡漾，但是由于公开的恋爱在当时的高中被视为违纪而会受到公开批评，并且两个人本身都很低调，因此这种情感一直被二人珍藏在心底。然而，彼此默默仰慕或许恰是高中恋爱的最佳状态。今生有缘让他们在高中相逢，而这曼妙的开始也为二人美好的婚姻埋下伏笔。

十年异地终牵手

高中毕业，子皓以优异的成绩考入南京大学，李雪考到杭州。说也奇怪，从高中两人相识，他们的心中就这样一直默默地认为并坚信着二人会不离不弃。因此，在很多人看来艰辛的异地恋对他们选择大学就读异地没有带来丝毫影响，彼此的分离反而为两人的大学生活增添了很多活动与乐趣。

大学时二人会靠网络相互联络。当时有一个软件叫 OICQ，也就是现在最常用的社交网络 QQ 的前身，是他们比较常用的社交软件。虽然有方便的软件，但那时上网可不容易。子皓有时跑到校外的网吧，那里人少，但费用较高。所以他大多数情况还是去学校的机房，虽然经常会因为人多排队而等上一两个小时。

当然，他们平时也会用短信联系，但二人更热衷于书信。寄信的时间长，寄过去要一周的时间，回信来又是一周的时间，所以他们写信的频率是两周一封 。对方的信他们都一直留藏，直到 12 年两人准备婚礼的纪念片时还为两摞厚厚的书信照了相。信的内容很简单，都是日常生活上的一些小事。但都是二人当时的一点一滴，二人的生活与情感记录都凭着这种传统的书信保留了下来。婚后，他们还会不时拿出信件讲一讲当年的大学故事。

子皓和李雪都是再温和不过的人了。他们待人友善，人际关系也十分简单，没有强烈的物质追求。尤其是李雪，不像许多女生热衷购物，她很少为自己买衣服买首饰，也从不要求子皓为自己买些什么。即使是他们结婚后，每次也都是被子皓逼着去买衣服。子皓也是如此，婚后几件新增的衣物都是李雪买的。大学时的他们更是以学习为主。二人的上进心很强，学习从来都是认认真真，因此每次的奖学金评比都少不了他们。有了奖学金，易于在生活上得到满足的他们更是不会有什么经济压力。

其实他们的大学学习也不是一帆风顺的，尤其是子皓。因为在上大学之前，许多接受过“过来人”指示的大一新生都会认为到了大学学习就不再是一个重要的事情了。但到了大学后才意识到学习负担不轻反重，大家学习的劲头不亚于高中。这使得子皓在刚进入大学后因大学生活与自己预想的不一致而一度不能适应，而这时正是李雪的一封封书信帮助了子皓顺利度过大学适应期。

写信这项充满情趣的活动被二人保持了四年的时间。的确，盼信时的焦虑、收信时的兴奋以及写信时的欣喜，是其他联络方式无法取代的。不像短信在几秒内一去一回，时间的无穷倍的增长可以无穷倍地拉近两人心的距离。

其实，只要他们二人不说，就不会有人认为他们是情侣，因为他们确实不像——他们见面实在太少了，更不用说一起出去玩了。平时上学两个人身处异地，不像其他的一对对男女整日出双入对，即使放假回南通老家，两人也基本是电话联系。家附近有一个公共电话亭，每次子皓都去那里对着一张卡片输入一串长长的号码给李雪打电话。

但这种距离丝毫没有使他们疏远。正如他们所说，两人分开，距离不是什么问题。这种爱，这种关系是两个人之间的事情，而不是一个人的。而他们又都是对感情、生活认真负责的人。因此，纵是形式简单，对方在自己心中的地位从未改变。

其实，大学中谈恋爱的很多，朝三暮四的很常见。若要一起走下去大多需要两个人用心地维持。但有的爱情无须任何维系，自如藕丝般缠连，这种爱情简单、纯洁，以彼此的信任作为纽带。这种爱情正是子皓与李雪的爱情，所以，即使是两地遥远，他们的爱情依旧自然而简单地存在。他们可能把太多的心思都花在了学习上，因此，他们谁也没有对他们这种过于简单的爱情做过什么思考。但一旦分析又会使事情变得复杂，所以情感不能用脑子去想、用理性去分析、用物质来衡量，否则动机就不单纯。正如子皓所说，维系情感的最好的方法莫过于用心去认真地感受。

大学毕业，子皓转战上海攻读硕士学位，李雪继续留在杭州读研。就这样，又一个3年的异地恋开始了。对其他人来说或许倍感艰辛，但对子皓和李雪来说已经是再正常不过的生活。

已经拥有长达4年异地恋经历的两人对这种生活已经相当熟悉和适应。况且随着网络的发展，二人的联络也日渐方便。这时，子皓也更加懂得为李雪不时地带去小惊喜。一次，李雪过生日，子皓瞒过李雪偷偷坐火车来到杭州，然后，他给李雪打电话说，自己不能过去了，但事实上已早为她订了一束花，现在花已送到宿舍楼下，让她快下楼去取。而等到李雪下楼时却看到子皓手拿一束鲜花一副狡黠的样子对她说："你好，我是来送花的。"瞬时，两人都大笑了起来。

就这样在平淡而不时充满惊喜的生活中，他们又共同走过了3年。3年后，子皓以优异的成绩结束了研究生的学习。在毕业前夕，老师们一致推荐他出国，继续攻读博士学位。父亲也十分支持这个想法。子皓本身也十分喜欢学术研究，出国留学的经历一定可以使他在学术研究的道路上走得更加宽广。但是，他不能独自做出决定，因为他还要征询李雪的意见。这时，两个人已经26岁了，异地求学7年，李雪是否还愿再为他继续等下去？我们不清楚，或许很多人都不抱乐观态度。当子皓怀着忐忑的心情询问李雪时，李雪却是不假思索地回答："我觉得出国读博很好呀，很适合你。"一句话，让子皓顿时感到温暖、支持与依靠。接下来，李雪还帮助子皓完成了一系列的出国准备，却丝毫没有提起结婚的问题，她用自己的行动告诉了子皓我会等着你。

也许有人会想，李雪真的很傻，已经26岁了，婚姻仍然没有着落。如今，男朋友要出国了，而她却不向男朋友索要自己婚姻的保障。在这种情况下，我想大部分人的选择应该是立刻结婚或是立刻分手。不管怎样，结婚前对女方来说都是担忧更多，风险更大，机会成本也更高的。

“我觉得子皓很适合走学术的道路，他本身对学术也有很高的追求。所以凡是对他有利的，我就会默默支持他。”李雪补充说。

子皓去澳洲后，李雪也顺利地拿到了硕士学位。随后她回到南通老家去找工作，最终，凭着自己的爱好找到了一个当地大学教师的职位。李雪工作很认真，每天早上8点去上课，晚上要工作到10点多。不仅工作表现好，李雪随和的性格也使得她和同事都相处得十分愉快。凭借着突出的表现，李雪很快就做了本专业的副主任。

李雪工作十分辛苦，子皓出国读书也十分的繁忙，尽管如此二人一直保持着联系。在这期间，李雪还利用暑假的时间去澳洲看望子皓。

随着二人年龄增长，加上子皓马上将会完成博士论文，结婚最终被提上议事日程。

2011年春，子皓一完成自己博士论文的写作，便立刻回到国内，与李雪完婚。

婚礼前夕，子皓保持着当年的纯真与可爱，为李雪写了一封信：

李雪小姐：

请于2011年××月××日到××××酒店参加本人的婚礼。

子皓

简简单单的一封信，我们还是能看出两人相爱10年最终成为夫妻的兴奋与激动。这个结果除了他们自己，就连他们的父母也没有料想到。子皓的父亲就经常和子皓说："李雪这个孩子很好呀，等了你10年，从没有怨言，真是难得。"

难得，的确难得。谁能在如此平凡的叙述中感受将近10年的异地恋生活呢？又有多少人有这样的勇气呢？

婚礼举办得和两个人的性格一样：简单。但那一封封双方互写的信件，至今留藏的礼物却蕴藏着他们之间清醇的爱意。从这一刻开始，异地恋的生活终于告一段落，两人的新生活开始了。

不惧挑战来帝都

结婚后，子皓返回澳洲做博士后的工作，4个月后，李雪也辞去了教师的工作陪子皓一起到澳洲生活。虽然两人终于来到同一座城市，但繁忙的工作还是让子皓很少有时间陪伴妻子。

"现在想来很后悔，当时一直在忙工作，很少抽出时间出去玩。其实我们大学城附近有很多有趣的地方。我记得不远处有一个很大的公园，很多同学都在周末去那里野餐，里面还有很多湖，湖里有成群的黑天鹅，很是壮观。当然还有很多咖啡厅。但我总觉得自己太忙了，两年里只和妻子去过一两次。”

两年后，因为考虑到双方父母养老以及孩子的教育问题，子皓和李雪决定回国工作。

“一定还是要回去工作的，我们没有能力把四个老人都接去国外生活，而且今后有了孩子也不方便，况且我们一直觉得现在回国机会会更多。”子皓说。

但这又面临了一个新的问题，去哪个城市工作好呢？

由于从出生开始，二人几乎一直在南方生活，对上海、杭州等城市比较熟悉，所以开始时他们想回到那里。然而，一直对学术有着浓厚兴趣的子皓更希望继续学术方面的研究，高校林立的北京就成为了实现理想的最佳选择。天遂人愿，在几次投简历后，北京的一所著名大学向子皓伸出了橄榄枝。工作条件等各方面情况都很理想，唯独一点，工作地点在北京。

“我自己对北京并不了解，只有6个小时的接触，就是出国转机在北京等了6个小时。当时很多人都对我们说北京的种种不好，比如房子太贵、物价高，当然最多的就是环境问题。雾霾不必说，当时很多人都对我说北京的沙尘暴很严重的。即使现在还有很多以前的朋友问我北京是不是经常刮沙尘暴。”

“我们当时当然有顾虑，两个陌生人来到北京，可以说是无依无靠，我不知道我们可以拥有怎样的生活。”

“但是这个工作很好，我可以在一个优秀的平台上继续我喜欢的研究。”

于是一向想法简单的子皓和李雪两人还是决定来北京试一试。在来京面试时，子皓还被妻子感动了一番。原来平时羞于表达的李雪悄悄地在子皓的西装口袋中塞了一张纸条，上面写着："不管怎样，我都相信你。一定能行哦，加油!"子皓在路途中无意中看到纸条顿时增加了无限的动力。有了妻子的支持面试一切都很成功，子皓被录取了。不仅如此，学校还特别地为子皓的妻子李雪安排了一个工作岗位。

2013年秋，两个人一起来到北京，准备正式参加工作。到北京后的第一印象就是"北京的天很晴，天气很凉爽"。

由于学校已经没有分房的机会了，因此二人领取了学校的住房补贴在校周边租了房子，租金每个月6000元，虽然很贵，但是房主较为和善。要说租房子，房东总是希望能租给一个喜欢干净、能稳定租住的房客，而子皓和李雪正是这样，现在也算有了稳定的工作，而且老实和善的性格使得他们和房东关系很好。

工作和住房的问题就这样解决了，接下来就是二人在首都北京的生活问题了。

子皓工作很忙，大学老师不仅要讲课，还有繁重的科研任务。尤其是新人教师，对课程知识都还不熟悉，为了把课程讲好，每次子皓都会用很长的时间来备课。李雪则相对轻松很多，因此承担了更多的家务活动。由于子皓工作繁忙，两人很少出去吃饭，每天下班都是李雪自己做饭。

"来北京前，我和李雪经常说北京有很多好玩的地方，我们到了北京一定要多去玩一玩。但到目前为止我和她一起去过的景点只有两个。一个是刚来的时候去了颐和园，另一个是假期觉得工作太累了，两人放松一下去了植物园。"说着，子皓自己也不好意思地笑了，"每次有朋友或亲戚到北京来都是李雪陪他们出去玩，她已经去了6次颐和园了，对颐和园的地形了如指掌，而我实在没有时间。”

其实，我们一直好奇，子皓有很好的留学经历，只要不在北京、上海等城市，其他地方的大学几乎到哪里到可以享受副教授的待遇，为什么子皓一定来北京如此著名的大学承受如此大的工作压力呢？

子皓对此的回答是十分严肃而认真的：“我们之前也考虑过去其他的地方，那里的工作生活可能会更加轻松。但是，来到这里，你拥有的是更多的资源，你接触的都是学术界知名的人物，你获取的是更加新鲜的时讯资料。我认为，这对我的学术研究是很有必要的。”

的确，目前的高等学府中有着这样一批人，他们叫作“海归教师”。他们都有海外留学的经历。但是在国内、在北京这样的城市，他们的工作压力很大，竞争很激烈，生活也并不富裕。但他们都拥有对学术的浓厚兴趣，每天的研究成果都是他们希望借自己的力量在自己的领域，奉献自己的一点力量。他们拒绝了安逸的生活，为实现自己的学术梦想和追求做出了不懈的努力。

我们来采访时，李雪已经有4个月的身孕了。谈起做爸爸，子皓觉得自己之前做得很不够。

“李雪也向我抱怨过，说我陪她的时间太少。经常我们说好晚上一起去逛逛街什么的，但最后总是因为我没有时间而爽约。虽然她知道我真的很忙，但抱怨并不多，可是我觉得她心里一定很不高兴。”

子皓希望今后在不影响工作的前提下可以抽出更多的时间多

陪陪妻子和孩子。而李雪的要求也依旧很简单，她只希望子皓有时间陪她，做什么都好，去逛街什么东西都不买也无所谓，只是李雪经常一个人太孤独了。选择来到北京这个陌生的城市，孤独或许是每个人都要考虑的问题。

至于今后的打算，子皓说自己的想法很简单，因为李雪是独生女，觉得一个孩子太孤单，所以他们希望要两个孩子。而子皓的父母又喜欢男孩，所以遵照父母的想法他们期望第一个孩子是个男孩儿。他们在经济上的打算很少，也没有过多考虑两个孩子需要多么大的花费，用子皓的父亲话讲“孩子给了饭吃就能长大”。

当采访最后我们问起子皓如今对北京的印象时，子皓说：“我觉得很好。环境问题只是两极分化比较严重，时好时坏。工作比较忙，其他的都还好。我们考虑的总是简单一些，所以没有什么过高的要求，对于北京、对于自己还是充满希望的。”

简单地生活，为梦想而拼搏

整个采访过程中，我们先是因他们的爱情故事没有预期那样跌宕而感到失落但同时又隐约间感到一种力量，一种不变的定力。他们独立，不需要两个人缠缠绵绵；他们信任彼此，不需要对方的山盟海誓；他们善良，总会为对方做出最适合的选择。

生活不一定因为多样而美好，也不会因为简单而失去生活的色彩。在北京这座繁华的都市，并不缺少五彩的霓虹灯和奔波的人群，但有这样一群年轻人。他们独立、自主，不依赖彼此而又记挂彼此。他们对于自己的追求敢于拼搏，敢于牺牲。这种坚定的家庭关系和为着理想而奋斗的勇气无疑是我们这个城市缺少的。

正是有了像他们这样的人，这样的家庭，我们的城市才得以稳定繁荣地发展下去。

就让我们衷心地祝愿简单相爱的二人可以永远幸福相伴，祝愿每一位温和简单善良有梦想的异乡人在北京生活愉快！

让情感经住风霜雪雨

李梦抒

「

江苏姑娘梦瑶在故乡的大学里认识了北京小伙刘鑫并相恋，毕业后女方放弃读研机会而陪男方一起来北京打拼，三年后却因现实问题分手，梦瑶回到江苏。最终，两人得以再续前缘，梦瑶又重新回到北京与刘鑫开始新的生活，两人的事业和家庭都渐趋稳定。

」

“5 年前看着我们隔壁小夫妻的生活甚是羡慕，而如今我们过上了比他们更好的生活。”此刻，梦瑶的脸上闪现出复杂的神情，那是对艰辛往事的美好回忆，是对未来生活的无限憧憬。光线幽暗的咖啡厅里，时间依稀在回流，如梭的岁月为平凡的二人生活增添了浓浓的韵味。

开始就是那样的平淡……

梦瑶的父母都是江苏南通人，由于二人一起来到徐州工作，就把女儿也生在了徐州这个地方。徐州，古称“彭城”，四省接壤，“五省通衢”，自古就是发展经济的好地方。加之梦瑶的家庭条件也算不错，从小就接受到了良好的家庭培育和学校教育。南方温雅的环境以及良好的教育使得梦瑶十分文雅静丽。刘鑫的家在北京平谷，有一个四合院和一间楼房。父母是工人，文化水平都不高，因此非常希望刘鑫可以好好学习，之后做一个知识分子。刘鑫从小聪明好学，对地理历史尤其感兴趣。高中文理分科时纠结许久，本想去学自己喜欢的文科，但考虑到之后工作状况和父母的意愿，还是选择了理科。然而因为数学不好，刘鑫没能考取在北京心仪的学校，而是考取了与梦瑶一样的大学。有缘千里来相会，大学正是这样一个为天南海北的学子搭建各种平台的小社会。两个人虽然在不同的院系，但彼此学院的教学楼非常近。

二人相识是在大三，在谈及此处时，梦瑶显得十分平静。

“当时刘鑫已经有过两个女友了，却都因为各种各样的原因分手了。”梦瑶的嘴角露出一丝无法遮掩的微笑，“大二那年的暑假，他在人人网上加我，但我当时并不认识他就没有接受。大三时他又想方设法从我舍友的男朋友那里要到了我的手机号，就给我发短信。”

当时还没有微信这些便利的联络方式，发短信已经算是最简便的了。短信的内容梦瑶已经不大记得，基本就是很随意地闲聊。那年梦瑶过生日时，刘鑫送给她一套她最喜欢看的网球王子的光碟。就这样，如此的简单而随意，两个人走在了一起。

“我当时并没有男朋友，出于女生的小小虚荣心我很轻易就接受了。他之前两个女朋友都吹了，可能也是想弥补一下受伤的心灵吧。”梦瑶开玩笑地说。“所以，现在刘鑫没事还说，你看我拿一套盗版的光碟就把你骗到手了。”小小的虚荣心，这就是梦瑶认为两人在一起的理由，不敢相信，有多少人可以为最初的虚荣而最终相伴永远。

此后一段时间，两人开始了“形影不离”的生活。但基本每次都是刘鑫说去什么地方去做什么，梦瑶只是轻轻地随着。比如刘鑫经常来找梦瑶说，我们去图书馆吧。梦瑶就会放下自己手中的工作，收拾好东西开开心心地和刘鑫一起去图书馆。在大学的这两年，刘鑫没有请梦瑶看过电影、吃过奢华的饭菜、唱过卡拉OK，去的最多的地方就是图书馆。但却像梦瑶所说的那样，“当时我十分喜欢他。”因为喜欢，二人就在这平淡的生活中默默行走。

眼前，是一位温柔美丽的姐姐在讲述那段波澜不惊的初恋情景，脑海中是两个平凡而普通的大学生手牵着手走向图书馆的画面。那种感觉就像入口的咖啡，绵软、丝滑、味道微微浓郁。他们的初恋没有轰轰烈烈，或许从开始就是那样的平淡。

谁说毕业就意味着分手……

大三时，梦瑶想要报考本校的研究生，就开始缠着刘鑫要一起考。刘鑫因为自己数学不好并不是很想报考，但无奈经不住梦瑶的软磨硬泡，二人还是一起报了名。于是两个人的考研长跑就此拉开了序幕，上补习班和自习几乎充斥了那一年的全部生活。

考研的时光无疑是异常艰难的，对每个考研学子来说，这都是一个巨大的考验。不像高考，考研没有父母在身边照料陪伴，没有老师每日的细心指导，一切可以依靠的就是自己。当然对梦瑶和刘鑫来说不是相对幸运的，因为他们还有彼此。但无论如何，那近一年的时间仍是那样的艰难，甚至有好几次梦瑶都要放弃了。“我们每天7点钟就要起来学习，一直要熬到晚上十一二点才能回宿舍。”梦瑶告诉我们说，“最初虽然是我要报考研究生，但最认真的还是刘鑫。半途中，我经常坚持不下来，常常和刘鑫抱怨太累了，我们别考了。但刘鑫做什么都是善始善终。他不仅从不向我抱怨，学得还比我更努力。经常是我晚上11点回去，而他自己还在教室继续学，一直学到……我也不太清楚几点……”说到这里，梦瑶的眼睛微微湿润了，我们不明缘由，只听得她继续讲了下去。

在考完试的第二天，刘鑫送梦瑶去上一门院里的常规课。路上，刘鑫心情沉重，几次开口想说什么，但都吞了回去。直到二人来到梦瑶的院系楼下，刘鑫才向梦瑶说，自己数学没有考好，研究生肯定是过不了了。听了这话的梦瑶并没有太在意，当时她并不能明白这句话的话外音。课间时在教学楼里，梦瑶远远望见毗邻的教学楼里有一个微微瘦削的男生站在窗边默默流泪。那个人不是别人，正是刘鑫。看着不远处悲哀无助的男友，再想到平日里刘鑫为了考研付出诸多的辛苦，梦瑶心里很不是滋味，忍不住，一同落下了眼泪……。考研啊考研，无数的学生为此付出了千辛万苦，换来的，却常常是失落与挫败。

当时的一切历历在目，两个人为考研拼搏的日日夜夜，给初恋的梦瑶留下了深深的记忆。在向我们讲述时，梦瑶还是不自主地流下泪来。这件事情使她相信刘鑫是一个有潜力的男人，不论结果如何，他会为自己的决定坚持到底。而之后的事情也证明了梦瑶的判断。或许，正是这些二人共同奋斗的经历为两人的情感打下了深深的基础；或许，正是这次失败的考研牵住了梦瑶，让她留在了刘鑫的身边。

考研结果公布了，如大家预想的一样，梦瑶顺利考上了研究生，而刘鑫却落选了。家在北京的刘鑫当即做出了回北京的打算，并且，他向梦瑶提出了分手！

“我要回北京工作了，而你还要在江苏读研，我们不得不分开。”电话中，刘鑫如此解释到。刘鑫的语气很坚决，却又有些无可奈何。但梦瑶不希望这样，梦瑶不希望因为一次考研就把二人如此残酷地分隔开，或许他们可以做一次大胆的尝试，那就是异地恋。就这个问题，梦瑶几次和刘鑫沟通交流，希望他可以改变想法。“其实，如果刘鑫愿意尝试，愿意坚持一下，我们是可以异地恋的，他回北京工作，我继续留在江苏读书。我相信，只要两个人感情深，这点距离算不了什么。”梦瑶当时的想法很简单。但刘鑫根本不会改变自己的想法的，他无法忍受在两人不改变关系的情况下，自己作为一个考研的失败者独自回到北京工作，而让作为考研胜利者的梦瑶继续留在江苏读书。然而，让刘鑫也没有想到的是，在自己无法转变想法的情况下，梦瑶毅然决然地做出了一个选择，那就是放弃读研的机会，和他一起去北京工作。

在旁观者看来，这真算不上一个轻松的决定，还好梦瑶一点都不为此后悔。“当时之所以考研就是一种考试惯性，从小学一直考到现在，感觉大学也要考一考研才算完整。但是读不读研究生对我来说真的无所谓。至少我认为，两个人在一起拼搏比读研究生要重要得多。”

就是抱着这样无所谓的想法，梦瑶瞒着自己的父母，放弃了读研的机会，和刘鑫一同来到北京，开始了漫长的求职之路。

谁说毕业就要分手，梦瑶为了男友可以大胆尝试异地恋，甚至可以放弃自己辛辛苦苦考上的研究生。因为两个人的坚持，在他们面前，没有什么可以轻易分开他们紧紧拉在一起的双手。大学的恋爱生活，携有一丝浪漫，携有一丝现实，携有一丝幼稚，携有一丝真挚。

二人开始的这一切虽有一些小小的波折，却还是顺利而美好的。但，这仅仅是一个开始。

北京是一个令人向往的城市，但现实是……

梦瑶担心父母反对，便告诉父母说自己并没有考上研究生，和男友一起来到北京工作。对从没有来过北京的梦瑶来说北京是一个令人向往的城市，在还没有到达北京之前，梦瑶欣喜、自豪还有一点小紧张。在梦瑶的脑海中，北京是一个高楼林立、人才辈出，时刻充满机遇的大都市，就连空气中都充满着挑战与成功的气息，而自己向往的就是这样一座城市。但到北京之后，一切好像都变了样……

尤其是初到北京的两个月，两个人的生活是异常的艰辛。刘鑫在多家私人的投行跑业务，收入很不稳定，发展也不尽如人意。梦瑶则是到处找工作，两个月中没有一点收入来源。因为害怕父母担心，梦瑶告诉父母自己到北京后立刻找到份不错的工作，并不再向家里要钱。就这样，两个人靠着刘鑫微薄的薪水勉强地维持。虽然刘鑫家在北京，但房子在平谷，离工作地太远。而当时是 2010 年，北京的房价已经是贵得惊人，两人只能和别人合租一个小套房。两人的第一个住处只有 15 平大，一床一桌一衣柜，屋子里就摆不下任何的家具了。但正是这 15 平大小的地方成了当时两人相互倾诉与发泄的地方。每天在外辛苦奔波一天后，两个人就会回家相互诉说这一天的经历。刘鑫抱怨自己有多么背，工作有多么的不顺利；梦瑶抱怨自己还是没有找到工作，经济压力太大。依存着大学恋爱时浪漫的余温，起初的生活虽然辛苦却不失情调。但是这些还是难以抵挡现实的残酷和岁月的洗礼。

“在来北京前从没有考虑过的那些现实的问题全都来了，这时我仿佛才明白理想与现实间的差距。”

而这种差距不仅成为理想与现实的距离，也渐渐拉大了二人间的距离。

来到北京的两个月后，梦瑶终于在一家韩企找到了一份工作，起薪 2500 元。对于这个薪水梦瑶还算满意，毕竟自己只是一个普通大学毕业的本科生，也没有任何工作经验。开始的工作还算顺利，并不如自己想象的那般累，因为性格比较随和，梦瑶和同事以及领导的关系都还不错。两个人也从原先 15 平的小屋搬到了一个稍微大些的地方居住，但同样是和别人合租一个套间。

正在二人的生活逐渐步入正轨的时候，两人的感情却出现了裂痕。

到北京后近半年的生活渐渐磨尽了二人初来时的欣喜和因陌生带来的期盼，并且随着双方真正长时间的接触与了解，对方身上的不足之处也逐渐显露出来。这些变化对刘鑫还是小事。作为北方的男孩子，他平日大大咧咧，许多事情都不会放在心上。况且他是一个典型的理想主义者，总是对生活充满向往，虽然目前生活艰苦一点却始终相信两人会有一个美好的未来；而对感情细腻而又不得不面对现实的梦瑶来说就不是一个可以轻易过去的门槛了。每天，她都要顶着巨大的经济压力出去奔波，晚上回到家中又要开始料理二人生活的各种琐事。梦瑶经常抱怨刘鑫回到家中衣服和书包乱扔乱放，不洗澡就坐在床上休息。虽然自己说了他很多次，但一直都不改。两个人的生活本身就是两种生活方式相互磨合的过程。但当时梦瑶并不能理解这些，在巨大压力下，这些事情给梦瑶带来的除了愤怒还是愤怒。

与梦瑶二人合租一个套间的还有一对夫妇。他们比梦瑶二人大概年长5岁。那对夫妇，每天都是丈夫出去打工，每月工资1万2，妻子则在家中料理家务。每逢节假日，两人还会一起出去游玩儿。这种每天自己不用工作、丈夫还能挣得可观收入的生活让梦瑶十分羡慕，在巨大的对比反差下，梦瑶渐渐对刘鑫产生抱怨甚至是失望。虽然刘鑫很乐观，对梦瑶说5年后他们可以过上更好的生活。但当时这些想法对现实的梦瑶来说还是太渺茫了，她无法想象5年后的光景，她能看到的仅有当下。

的确，北京对刘鑫来说还算是一个熟悉的地方，父母也经常来关照。但梦瑶不同，独自一人，除了刘鑫便无亲无友，十分孤寂，一旦和刘鑫闹不愉快，自己就没有地方哭诉了。

终于，在来到北京3年后，梦瑶实在忍受不了巨大的压力，经过长期的心理斗争后，她做出了一个艰难的选择——离开北京。

那是一个亲人的味道

离开北京，离开刘鑫，梦瑶来到了在苏州工作的叔叔的公司上班。期间刘鑫一直给梦瑶的父母打电话，希望梦瑶可以回来。刘鑫不明白，为什么梦瑶离开自己不回老家，而选择到一个同样陌生的城市打拼。他或许还不了解，当男子意气方刚、渴望闯出自己的一片天地时，女生却更喜欢一个安稳的家庭。在给梦瑶的父母打电话无果的情况下，刘鑫又频频拨通梦瑶的电话。最后，梦瑶实在厌烦了，把刘鑫的电话、“人人”③ 全都拉入了黑名单。

苏州，虽然对梦瑶来说同样并不熟悉，但经济上的压力相对小了很多。当时找的工作薪水很好，也很稳定。尤其苏州的房价低，2013年，高档住宅只有1万多1平方米。工作生活上也有叔叔等人的照顾的梦瑶终于在经过几年巨大压力后松了一口气。

然而，经济上的压力小了，婚姻的压力却大了。梦瑶的父母希望自己的女儿趁着工作稳定，赶快结婚。于是，梦瑶开始被迫去参加各种相亲。

“当时已经不再像大学谈恋爱时那样单纯。大学谈恋爱，想法很简单，只要我喜欢你就好。而要去相亲就会考虑对方家庭、经济状况、未来发展等各种因素。但两个人刚刚认识在一起都很腼腆，谁都不好意思问对方这些。”

---

③ 人人，即人人网，一种社交网站。尤其流行于2006—2011年。

这种希望了解对方而又不好张口问的矛盾心理让梦瑶觉得非常不舒服，在这种状况下谈恋爱太受拘束了。经过几次这样的经历，或者说几次对比后，梦瑶的心中又产生了波动。终于有一天在看手机通讯录时，她又把刘鑫从黑名单中拉了回来。

“当时觉得没有什么了，过去这么长时间，感觉我对他的怨恨淡了许多，两个人还是朋友嘛。”

两个人的生活一定会跌宕起伏，只不过一些人的生活波动大，另一些人的生活波动小罢了。在不顺利时，离开给了梦瑶更多的思考，她产生了更多对二人生活的理解和认识。在她的心中，大学的恋爱比如今的相亲来得更加浪漫，更加自然，更加需要用心呵护。

撤销黑名单的一周后，梦瑶就接到了刘鑫打来的电话。

“当时的感觉就像久未相见的亲人一样。”

两个人在电话中说了许久，说双方分手后的经历，说之后的打算等等。梦瑶也了解到二人分手后刘鑫虽然又有了几个女朋友，但是都没有成功。而刘鑫的工作虽然没有巨大的成功，但也是在一点点前进。

闲聊时亲切自然的感受，以及刘鑫的讲述，都让梦瑶重新想起那个不达目的不罢休、敢闯敢拼的刘鑫。二人先前的不愉快也被梦瑶抛在了脑后。这一通电话让他们达成了一个共识——他们还都需要彼此。刘鑫需要梦瑶的默默支持，而梦瑶也厌恶了相亲的功利，深深体会到大学恋情的力量。不久，梦瑶便离开苏州，再次回到了北京，回到了刘鑫身边。正如梦瑶所说：“我相信二人有了这次感情的磨炼，我们的生活一定会很好。”

这次分而复合的经历使刘鑫和梦瑶的关系上升到了新的高度。从大学无忧无虑的恋爱，到日日夜夜的考研复习，到北京打拼的辛苦与波澜起伏，再到分手时两人内心的空落和之后复合时亲人般的感觉，两人在一起已经经历了足够多的甜蜜与挫折，足够多的悲欢离合。正是双方的知己知彼，双方共同经受的挫折与挑战让他们最终不再相离。

“我认为大学的感情是最单纯的，大学的感情也是无坚不摧的。我们在一起的那么久，两个人共同的悲伤与欢喜已经足够弥补彼此的不足。”

6 年的恋爱长跑修成正果，他们终于结下并蒂良缘。

2014 年，梦瑶和刘鑫结束了长达 6 年的恋爱长跑，走进了婚姻的殿堂。一路的风雨考验让他们更加珍重彼此，倾心相待。

未来还有很长的路……

结婚后，由于一直和之前那家韩企的老总有联系，梦瑶又回到原来的公司上班，并很快晋升到了更高的职位。刘鑫也在一家央企的投行找到了一份不错的工作，并凭着多年的工作经验很受重用。稳定的工作让他们的生活安心了不少。

如今，二人的生活很是美满。

工作日时，两人还是回到自己租的房子住，每到节假日他们就一起回平谷。“在家几乎所有活都是我干，除了一样，就是做饭。每到做饭时间，他都会准时奔赴厨房。”梦瑶又是埋怨又是好笑地说：“在平谷家更是这样了，每次都是他的妈妈收拾屋子，洗衣服什么的，有时还要帮他把要做的菜洗好放在菜板上。”

“其他方面还算有改进了，现在进了家门衣服不会乱丢了。而且知道洗好后再坐到床上。”说起这些小事，我们一时觉得好笑，但细想一下，夫妻的生活不就是这样，不同生活方式的方方面面都要磨合。

总之，梦瑶对现有的一切都算满意。“我们确实在5年后过上了更好的生活！”梦瑶自豪地说。

当问及未来的打算时，梦瑶又变得十分现实了。“我想我们还是要争取先把房子买了吧，之后再考虑要孩子，毕竟我想给孩子一个安稳的家，也不想一边租房子，一边养活孩子了，压力太大。”

“之后会把父母从江苏接过来一起住吗？”

“暂时不会吧。北京的房子实在太贵了，买不起这么大的呀。而且他们不想过来，周围人不熟悉，不好说话会很无聊的。”

听了梦瑶的话，我们突然有一种认识：从外地来北京打拼、成家并最后坚持下来的都是不甘被平庸生活磨平棱角的勇者。他们在这个人来人往，车水马龙的城市中选择了坚持。

在我们将要告别时，梦瑶和我们说：“之前老师一直和我们说学生时代才是最美好的，当时我不以为然。但现在我还是想和你们说这句话，一定要珍惜你们现在还算无忧无虑的生活呀！”的确我们每个人都应该珍惜当下的生活，无谓从前，无谓将来，现在的生活才是真真切切可以把握的生活。但是他们的经历又告诉了我，只有不悔当初，不惧未来，才能活出最好的今天。正是那些过往的风霜雪雨为二人的婚姻与情感打下了坚实的基础，正是对现实的考虑和对未来的美好憧憬才给了二人在北京继续拼搏的动力。

相信今天的付出终会换来明日的回报，相信拼搏加信念终将成就一个成功的人生。在一起经历了如此多的艰辛后，我们没有理由不相信他们会充实而美好地走下去。

［**结尾**］

愿终有一个人，一座城可以让你欣然接受生活的苦辣辛酸和悲欢离合，二人相伴，风雨兼程……

阑珊执手，契阔成说

邓洁茹

「

她是西安人，在西安大学毕业之后便随着先生来北京闯荡。她家庭条件并不好，丈夫在北京也无依靠。然而两个人凭着一腔闯劲儿，从一无所有到而今刚过而立之年，已经有了十分可观的收入、稳定的居所和可爱的宝宝。这一路的历程，说出来时早已是苦尽甘来的淡然。

」

或许幸福这件事儿，不过是冷暖自知，谁的内里都一样。但是，就真的有那么一个人在穷山尽水处悄然出现，让人相信，在这灯火辉煌的城市中，无关阑珊与否，都有他伴着将死生之事作契阔，且与子成说。

（一）

她的故乡是西安。她在那里生长了二十余年，从出生、上学，高考到大学。父母都是土生土长面呈黄天背载厚土的农民，没有受过太多的教育，过着和大多的中国式农民一样的生活。他们淳朴、踏实，辛勤养育了她和她的姐妹。父母以自己认为好的方式去管教她们，虽然会在无意中有不够尊重她们的意愿的管教方式，但是仍然给了她们足够的爱。他们将自己的期望与爱都投在了三个姐妹身上，和诸多父母一样希望付出会有所回报；他们关心她，却不顾及她的尊严——或许根本无意识要去顾及。但是年少时不够懂事，内心总会或多或少带些抱怨，甚至略为愤怒。这份对父母复杂的感情，在她日后的性格中也十分有体现。

13岁的那年，她因事休学一年。这一年过程中，她尝试过随家里跑货运，在此期间，也见到了太多社会的阴暗面。看到父母和工程队讨钱时的艰难，超载被交警扣车请客吃饭时所受的不公。父母打点交警方面关系时，被点名在市里最好的饭店请客，看着席间一道道大菜一瓶瓶酒被端上，她忍不住心疼，当场哭着说这顿饭要多么昂贵。妈妈说，这就是不读书的下场。

由于年少时父母对待她方式的不当造成了心灵上的伤害，以及见识到的社会上的种种不公，青春期她的叛逆也来得汹涌。学校旁边的书店是她打发时光最常去的地方。家庭中的不甚如意更是加重了她敏感多思的性格，和诸多怀着小心绪的少女们一样，她把大把精力扔在了书卷上。支撑她努力学习的最大动力，便是通过自己的努力，让自己跳出这个曾经生长的圈子。

高考，考到了陕西师范大学。离家并不算太远，但是起码如愿以偿跳出了那个圈子。19岁以后的人生，由此开始。

（二）

2004年的秋天，她开始了四年的大学生活。她选择学习广播电视编导这一艺术类的专业。班里大多是公务员、电视台员工和学校教工的子弟，像她这样毫无相关专业背景的人，少之又少。

倏然到了大四下半学期，临近毕业，却和前男友的感情走到了尽头。随后，她也算带点赌气随性的成分，在论坛上找到了现在的男朋友，和她同在西安上学。他来自江苏，性格非常独立，有思想，并且是个非常适合在一起生活的人——她如是说。男友学习软件开发，在毕业时已经拿到了北京的offer。她因觉得异地恋不靠谱，未经太多思虑，就辞了已经拿到的西安本地电视编导有关的工作，随着相恋不久的男友踏上了去北京的路。这一年，是2008年。

刚到北京，男友不过是互联网公司中的最基层的员工，而她还没有工作。

求职路着实十分艰难。她恃着上中学和大学看过很多书，也积累了很多自己写的文字，去应聘杂志写手，却莫名找到了火车上发凶杀色情小刊物的杂志。从石景山跑到四惠应聘杂志社编辑，主编问她是否有明星关系的背景，她答没有，她说那为何来浪费我时间。来回三个小时的车程，她只说了三句话。相似的经历有太多。最终，她在一家互联网公司找到了一份文职的工作，月薪2600。男友初到工作岗位，从一个游戏策划项目组最基层的职位做起，薪水也并不高，两个人拿着微薄的薪水在北京生活。租的住处也并不好，在一张单人床上，挤了一年半。

开始工作的时候，男友便十分卖力，经常加班。而她也不得不把大把时间耗费在北京拥堵的交通中。两个人的收入勉强维持生计。初来北京的他们并没什么依靠，双方家长都不能给予太多物质上的帮助。而双方在性格上又都是非常独立的人，在相处过程中大部分事情都算愉快，并无太大冲突。

他们的日子十分拮据，而年轻的女孩子却总想买很多漂亮的衣物来打扮自己，每每看到橱窗里那些要把脚踮起来很高也不一定够得到的衣服，她内心难免十分沮丧。这时，男友会和她说："人要学会和自己的欲望和平共处。如果看到很好看的东西而自己消费不起就要去努力奋斗，等你的薪水可以承担得起你买这些东西的时候，你就不会有任何不开心的情绪了。而你现在在这里伤心又有什么用呢，想买的也依然买不起。"男友这种非常务实的工科男生的性格，以及非常努力认真过日子的特质，都让她觉得非常踏实舒心。她觉得很幸运，当初并未经慎重考虑甚至带点赌气成分选择跟现在的他在一起，竟逐步发现他是一个很好的人生伴侣。

而后这几年，她通过不断地学习，有能力胜任更好的工作岗位，而每一次跳槽也带来了更高的薪水。在北京 6 年了，换了四份工作，起初起薪不过 2600 元一月的她，从 2014 年开始从事互联网营销工作，已经可以拿到每月 15000 元的收入。而她先生，一直在一家互联网公司做游戏策划，从基础的职员到现在，通过自己的不懈努力，已经独立带领了一个游戏策划项目团队。而今她先生取得的成绩不菲，月薪 4 万的收入和公司的期权以及无息买房贷款，全部都是靠自己的努力所得。

（三）

2011 年年底，经历了三四年的磨合相处，认定彼此互为合适的人生伴侣后，他们决定结婚。她告诉父母，她找到了这样一个男生结婚，但是她并不觉得父母可以做过多的干涉。双方没有嫁妆也没有彩礼，就这样迈入了婚姻的殿堂。回想从 2008 年来北京时的一无所有，而今他们已经可以在北京租一个相对比较好的房子，两人都很开心满足，也希望通过努力可以进一步改善生活。这个过程中，双方的感情自然也不断地加深，更进一步地融入了彼此的生命中去。

当然，相处过程中也有诸多不顺，而矛盾的点基本都集中于男友工作过于繁忙而没有时间陪她。男友是一个非常务实、责任心极重的人。在二十多岁初入职场时，全无背景的他凭着自己的努力工作，硬是从小职员做到了一个项目的负责人，他们在北京逐步安定下来也很大程度上得益于男友事业的发展。当然，丰硕的收获果实和辛苦勤勉的投入是分不开的。

曾经一段时间，她不满他繁忙的工作，规定他必须 9 点前回家。男友虽然口中答应，却几乎从来没有做到，这一度让她非常失望。但是经过诸多的磨合，两个人也找到了相对和谐的相处方式。现在的两个人，在精神上都非常依赖彼此，但是在生活上又各自非常独立。她说，这是她长久向往的婚姻模式。

（四）

2012 年的夏天，他们在计划之中怀上了孩子。为了方便照顾她，婆婆从江苏过来和他们一起居住。从那以后的相处过程中，她也逐渐发现婆婆是一个心态非常乐观、会努力把日子过好的人。她曾经觉得，婚姻中不能要求对方对待自己的父母同对他的父母一样，因为只有生身父母对自己有养育之恩，对待婆婆或者岳母，做到尊敬和一定的赡养义务即可。可是从那时起，每天的相处让她觉得婆婆不仅仅是一个长辈，更是一个值得自己从内心去尊敬的人。家庭中的婆媳关系也非常融洽。

然而，在怀孕37周有余的时候，一件事情的发生对以后家庭生活产生了非常大的影响。

她和房东起了些争执。房东看她是孕妇，不便搬家，便无视合同要坐地起价。她心中气不过，便当即决定要搬家。对于怀孕37周的孕妇而言，行动都比较困难，何况出去找房子搬家。婆婆看到她的身影，心疼地哭了出来。当即她决定，一定要在北京买一套房子。

之前的日子已经稳定安康并且小有富余——如果不考虑买房的话。家庭收入从2012年的30万提升到2013年的60万左右，但是，一旦买房被提上日程，日子又变得拮据起来。在北京90平有余的小居室，四五百万。靠着自己的存款、从亲戚中借的一些钱以及公积金和公司特批的无息贷款，他们买下了这套房子。从此在北京，也有了属于自己的一个家。

孩子生下来到房子交接这一段日子里，他们仍住在租来的房子中。小区内很多全职太太的经济都很富裕，而她因为买房子，每月几近月光。但是她依然觉得选择买房是一个非常正确的选择，并且说，三年之内的经济压力会非常大，但是三年之后，公司的无息贷款可全部还清；之后每月5000的公积金贷款，对现在的家庭收入而言，并不算什么。

阴霾之后，必有太阳。他们携手走过了曾经那么艰难的日子。她觉得，现在暂时的辛苦，并不算什么。

（五）

就这样，逐渐在北京立业，也安了家。

她说，她真的非常感谢她的先生，真的是极佳的人生伴侣。她先生教会她非常重要的三点：第一，和自己的欲望和平共处并且去努力；第二，做有把握的事情并且培养自己的核心竞争力，不让自己陷入被动；第三，遇事情不去闹情绪，而是第一时间去想如何解决事情，一切负面情绪不过是对于自己无能的愤怒。长久以来，她的性格和处世方式也有很多改变。她觉得自己进步很多。

毕业六七年了，她觉得自己在昔日同学中，算发展得不错的。她说，很多人在毕业时选择了找一份相对稳定的工作，比如考取政府机关的基层公务员等。她认为这个选择会让自己非常被动，而在企业中工作督促她必须去不断学习进步，从而培养了她的核心竞争力。

她和先生现在都没有取得北京户口，公司为他们办理了工作居住证，他们可以在买房买车以及子女上学问题上享受市民待遇。但是孩子不能在北京高考，考虑到未来几年内他们还会在北京发展，而孩子如果回户籍所在地江苏高考，面临的竞争会非常大，因而他们计划让孩子将来就读于北京的双语幼儿园和双语学校。

至于对孩子的期望，她说，她和先生一直都是所面临的生存压力大于生活中的快乐的人，因而非常希望可以从孩子这里有所弥补。她仅仅要求孩子有公德心和同理心，其他方面并不做太多要求，希望孩子可以在能够独立生活的基础上开心快乐就好；哪怕仅仅做最基础的工作，只要孩子喜欢，她也不会有太多要求。

而对于北京这个生存压力很大、生活节奏也很快的城市，她却认为这是一片相对来说非常公平的竞争平台。“在北京，真正要拼背景的那一群人，你也根本够不到。大多数人都是处于中间阶层的这一位置，而这个层次中的竞争已经非常公平了。你值多少的价钱，公司就会给你多少的薪酬，这一家给不了，另一家也会给。只要自己努力，靠能力就可以有相对富裕的生活。”她觉得，她并不规划很久以后的未来是否都会在北京度过，但是如果有好的机会，或说因为父母年迈的需要，也许会换一个地方居住。

她说，她觉得尽能力所能及地帮助别人，以及给予孩子充足的爱和尊重，是非常重要的人生准则。她希望自己的孩子在父母充分的关爱之下成长，也相信通过她和先生两个人的不断努力，生活可以越过越好。回首初始执手时一无所有的两个人，到现在稳定安康并且会越来越好的生活，她觉得，十分感谢自己能够遇到先生这样的伴侣，以及在北京奋斗的日子。

生活就此越来越明朗。

守得云开见月明

邓洁茹

「

湘是土生土长的湖南妹子，性格十分独立自主。毕业后和前男友因为性格不合分手，一直想尝试新的生活方式的她选择了在北京继续读研，并在此期间认识了现任的先生。她的丈夫比她年长且离异，因而婚姻一开始遭到了父母的反对。然而她坚持的选择起码在现在看来是正确的，刚刚生完女儿的她十分幸福，事业和家庭也都风生水起。

」

和湘的见面是在闹市中的一家僻静的咖啡馆，有别样的风情。之前和她便相识，却一直只记得是一个喜欢摄影的姐姐。她说，儿子周末在附近上辅导班，她若无急事，便会在附近找家咖啡馆，处理些自己的事情，等儿子放课。女儿出生不久，周末家人也经常出来吃饭小聚。最近忙着的基本都是家里的事，小公主的出生也让这个家更加温暖。

或许是仍在哺乳期的原因，素颜的她并没有之前那么耀眼，不过说着这些的时候，她的脸上都是幸福的笑容，一如午后的阳光一样明媚。

湘是1984年生人，我惊讶她怎么会已有一个要上小学的儿子。她笑笑，开始给我讲述她的“北京爱情故事”。

（一）

湘出生于湖南。自幼灵动的她随着从事美术教育工作的妈妈学画画，培养了对艺术的审美，也弹得一手好琴。然而，童年也并非全是幸福的往事。她自幼起便记得父母不和，在她小学四年级时，父母离婚，她和母亲一起生活。

她说，母亲是一个非常独立的女性，性格较为强势，这也可能是和父亲婚姻的重要原因。青春期时，母亲对她过于强势的管教方式激起了她的叛逆。而且在她初二时，父亲和他自己的学生成家再婚这一举措，对母亲的伤害也比较大。她和母亲当时都太不懂得如何照顾对方的情绪，天天在一起的日子也有很多怨念。就这样，她的叛逆和青春来得尤为猛烈。

高中时她接触了学校的各个社团，艺术方面的天赋也开始崭露头角。高三时为了备战高考，回家住宿，日渐懂事的她也逐渐发觉母亲的诸多不易，母女之间的关系开始缓和。从小便聪慧努力的湘，在每个阶段都未放弃过学习，甚至在年少轻狂十分不懂事的时候，也没有像学校其他“叛逆”的孩子那样，一心贪玩不顾读书，她成绩自然也不错。母亲再三权衡下没有选择让她走艺考生这条路，鼓励她一心努力学习文化知识。湘也不负众望，在高考时考取了北京的一所985院校，学习贸易相关的专业。而母亲直至她高考之后才再婚。

2003年的初秋，告别了生长近二十年的故土，湘踏上了来北京求学的路。

（二）

脱离了高考的日子不再朝五晚九，不再充斥着各种条条框框。刚一入学的湘就像脱笼的飞鸟，享受新鲜自由的空气和这广阔的天地。从大一开始她便在学校较为活跃，她在艺术方面的造诣也逐渐被人认可，各个文娱活动中都不难发现她的身影。加之父亲是外语老师，她说得一口流利的英语，也吸引了不少的注意。

大二一年，是湘记忆中大学里最快乐的一年。母亲组建了新的家庭，叔叔对她和母亲都很好。而她，也有了男朋友。男友是一直追求她的一位男生，对她很好，也是同乡。两人在一起同出同入。大二课程也较多，在学校里度过了一段非常美好的大学时光，努力学习，丰富娱乐。

大三下学期开始，湘开始实习。大四也没有选择继续读研，而选择了直接工作。毕业之后，她进了银行工作。而男友获得了保研机会，选择了继续读研。毕业半年后，她和男友的感情走到了终点。两人的性格不合，争吵和冷战终于拖垮了感情。

她说，自幼她性格便较为独立有主见，而前男友比较妈宝的性格让她觉得很不适应。前男友对她一直很好，只不过太过情绪化让她十分心累。他觉得自己留本校读研，湘也应该为了两人的前途努力考研陪他一起读研。而她执意选择去工作，也因为工作后事务繁忙，不能再像以前那样时刻照顾他的情绪。最终各方面的矛盾让她觉得感情走到了尽头。

（三）

2008 年年初，湘和前男友的感情结束。

春节过后不久，她又决定考研。关于考研的初衷，她说当时不过为了换一个环境。她觉得自己已经 24 岁了，如果继续工作，按照当时的状态，很可能就这样相亲结婚生子。但是湘想尝试开启不同的生活，于是在母校附近租了单人间，开始了大半年复习准备的生活。

关于考研的选择，母亲和父亲都表示支持。因而她也不再有其他顾虑，专心开始准备考研。

也正是 2008 年的夏天，父亲送给她一部单反相机。从此她也丌始玩摄影的道路。

2008 年一整年北京都洋溢着奥运的气息，她辞了工作，在读书、摄影中度过了愉快充实的一年。

2009 年初春，她又一次踏进学校——中央民族大学，选择了脱产学习，仍然是和本科相关的专业。

努力学习充实自己，考证、实习，这几乎构成了她硕士两年的全部。毕业后直接进入实习时做过的一家金融机构里工作，当时月薪不过 6000 元左右。然而凭着自己的努力，现在她已经做得风生水起。

湘说，和她现在的先生初识，是在研二上半学期。当时他们相识在一次摄影聚会之上。逐渐深聊之后，先生帮她安排了之后的实习，并顺理成章留下工作。刚认识她先生不久，便知道他是1972年生人，北京本地人，离异不久，也在金融机构工作，带一个男孩儿，和父母生活在一起。

她说，在之后相处过程中，先生很明显地流露出对她有好感。她也觉得先生是一个非常得体的人。由于前男友情绪化的不成熟的性格，她非常害怕亲密关系中两个人不够自立。而她先生给她的感觉则是情绪控制非常得体，也很体贴，这也是非常吸引她的一点。但是她还是比较在意他有过婚史并且带着孩子这一点，因而一直纠结，相处的节奏一直在被有意地控制并放慢。

直到2012年的初夏，两人正式确立了情侣关系。

（四）

湘说，当时她已经28岁了，身边的朋友逐步都结婚甚至生子，家人虽然不想给她压力，却也希望她能够早日有一个安稳的家庭。而她当时也希望能够找一个终身相伴的爱侣。因而，确定情侣关系对她来讲，就意味着选一个称心的结婚对象了，是非常重要的一步。在确定恋爱关系之前，她也对先生的各方面情况进行了详细的了解，询问他关于婚姻的种种看法，觉得是一个可靠的伴侣。

两人恋爱初期，便已经开始进入准备结婚的节奏。两人每次见面，除了情侣间的约会缱绻，更多是对于未来的规划。她先生最看重的是她是否能够善待自己的儿子，而她面前最大的问题是如何说服父母让他们接受自己的这桩婚事。

2012年的秋天，她先生的前妻在美国结婚。先生收到消息的时候，约她出来大醉了一场，聊起很多旧事以及对未来的期望，也表达了重新开始婚姻的渴望。湘从先生的话语中听到了很多让她十分触动的东西，从那以后，结婚这件事情的进程进一步加快了。

关于儿子的问题，湘说，她仔细想过，觉得自己可以接受这个孩子，并且能够做到视如己出。她尝试着跟先生的儿子交流，觉得很喜欢这个孩子，并且她也希望自己将来不止有一个孩子，而先生也许诺两个人还会再生一个孩子。生孩子对女人来说，会一定程度上耽误事业，她年纪也不小了，一直在纠结这个问题。这样，自己将来再生一个，恰好符合自己的心意。

而父母那边，在一开始知道这个消息时，都表示出不支持，尤其是母亲和继父，觉得年龄差距以及再带一个年纪不大的孩子，这桩婚事不靠谱。然而她表示出了十分执拗的性格，坚持要和先生在一起。家庭这么不愉快了小半年，在 2013 年春节假期期间，湘领了先生回家看望母亲。

先生对她家人都十分和气，他表现得也让母亲较为满意。至此，母亲终于第一次松了口，同意两人继续交往。而后母亲也来过北京看望，见过了男方的父母以及儿子，也比较喜欢男方儿子。

至此，双方家庭开始商议结婚的事宜。

（五）

关于准备结婚的诸项事宜，进展得异乎寻常的顺利。由于先生是北京本地人，先前离婚时前妻也并未打算回国，北京的房产仍在他名下，也不需和公公婆婆同住。先生一直不太在乎嫁妆之类的陪礼，不过湘的父亲当时也决定移民，将湖南的一套房产送给湘作为陪嫁。就这样，2013 年年底，湘 29 岁生日的时候，她和先生领了结婚证。

2014 年的 8 月，这个家庭迎来了第四位成员，是一个小公主。湘高兴得不得了，就这样在 30 岁来临之际喜得儿女双全。如今的她生产后便没有再在原来的单位上班，先生一个人的收入也足够补贴家用。她在专心带孩子之余也会开始做自己喜欢的事情，并且思考自己将来要做什么。

现在的她，会早起准备早餐，照顾两个孩子。可爱的儿子已经 9 岁，十分懂事，不需要操心太多。并且她说，在女儿出生之后她更加体会到了当妈妈的责任，也确定了自己不会因为女儿的出生而忽略儿子，因为懂得了母亲的重要性。先生的事业已经趋于平稳，平时也不会忙到不着家，周日一家四口和公公婆婆也会经常聚会出去游玩。

她不喜欢束缚，希望再过几个月，还可以从事和艺术相关的工作，毕竟这是她的兴趣所在。她认为两个人一定都要有各自独立的生活，并且女人要有自己的经济来源，这样感情才能够长久。同时，她也希望自己能够做一个贤惠的妻子，因为先生比自己年长十余岁，她希望通过她的监督控制，能够让先生的身体一直保持健康年轻的状态。

公公婆婆家离他们家也不过 10 分钟不到的路程。她说，一开始还担心和公公婆婆相处不好，现在觉得公公婆婆都是非常棒的人，年近七十依然十分注重身体，并且婆婆会经常煲汤包饺子之类的送过来给一家四口吃，生活其乐融融。母亲现在和继父过得很好，她觉得非常感谢母亲曾经为了她的付出，并且真的为年少轻狂表示愧疚。她觉得母亲和继父重组家庭这么幸福，也真的是幸运。而父亲现在已经举家移民，开始新的生活。年轻的时候她对父亲有比较多的偏见，现在也逐渐冰释前嫌，父女之间的关系也日趋好转。有机会，日后还打算带着两个孩子去看望父亲。

（六）

湘在和我谈及关于她的这诸多事情的时候，言辞气质都淡定从容却又温暖坚定。

她说，和她先生结婚这件事情，确实面临了太多质疑，最主要的问题便是她先生曾经有过一段婚姻。如何妥善地处理好前段婚姻所遗留下来的问题、消除大家质疑的声音，都需要足够的勇气和耐心。并且湘也说，她曾经并不是没有对先生婚史产生过质疑，难免和大家一样对于离婚的人带有些许偏见。但是在相处过程中，逐渐消除了这些顾虑。有过婚姻经验的他更懂得两个人相处过程中的分寸，这点让湘感觉十分舒服。湘还说，拿所谓的离过婚的刻板印象来判定一个人，这本身就是偏执的。所有离过婚的人曾经也有没有结婚的时候，不是所有没有离婚的婚姻都一定幸福，更重要的是这个人的为人处世和对婚姻的态度。

关于未来，湘说，以后大概还要在北京住很长一段时间，毕竟先生的家庭和事业全部在这里。而自己还是希望做一些和艺术有关的职业，虽然金融和外贸也都是她的专业所在。她更希望自己出来做事情，而并非进入体制或者企业上班；觉得现在既然物质上没有必需的要求，她也有能力追求自己的一番事业。等将来母亲年纪大了的时候，她先生的事业也应该十分稳定了，那时候或许会去湖南的一处环境优美的小地方定居，或许其他地方，但这也不是现在要考虑的事情。

她说，以前觉得这辈子可以做的事情好多，因而也会去努力学习工作，想靠自己走出更大的世界。而今成家之后，并不觉得自己被家庭束缚，反而心甘情愿更多地为这个家付出。她喜欢北京这个城市，让她感受到了很多在湖南家乡感受不到的艺术气息，并且这个五彩斑斓的城市让人觉得自己只要在努力就不会衰老，不必按照命运的轨迹去按部就班地走。她觉得自己最大的财富便是现在还十分年轻的心态，让她有力气去做她想做的事情，也有一个足够爱她的丈夫在背后支持她。读研的时候其实自己一度特别绝望，觉得女人过了25岁开始衰老却一事无成……不过，现在她觉得人生才刚刚开始，自己一点都不老。

访谈最后，我说，我觉得一句诗好适合你：守得云开见月明。

湘笑得很开心，虽然素颜上还能看出刚刚生产后操持家务的种种痕迹，但是整个人流露出的气质，真的让人觉得没有什么会让她衰老、让她世俗。

以梦为马，随处可栖

王　月

「

之前一段不幸的婚姻，让菊子对于感情更加审慎。随后遇到了小她 14 岁的 80 后男生阿飞，两个人经历了从四川到北京闯荡，最终安家的过程，也开启了幸福的婚姻。他们克服了太多困难才在这个城市立足，但是，以梦为马，随处可栖。

」

“不管住在怎样的房子里，只要有对方的地方就是我们的家，我们就想要用心经营。”当问起是否打算买房在北京这座城市驻扎下来，菊子是这样回答我的，说话的时候她的脸上有盈盈笑意，掩不住宁静和满足……

受到菊子和阿飞的邀请，我们来到了他们家进行此次采访。他们住在三环边一个略显老旧的小区里，周围是学校和商场，地段很好，只是房子的面积有些小，里里外外加起来三个半房间——卧室、客厅、厨房和卫生间，就是他们生活的全部天地。房子里并没有精致的装修，但却看得出来是被人用心布置过，温馨整洁，很有家的味道。落座之后，抬起头来，眼睛就立刻被电视机上方挂着的一幅画吸引了，画里是菊子和阿飞两个人，感觉像是出自于某个孩子的手笔，略显笨拙的蜡笔线条，却能看到一笔一画描绘得认真。夫妻俩参加了一个义工组织，工作之余有时间就会去到外来务工人员的聚集地为那些农民工孩子们进行课业辅导，有时候还会为他们组织一些课外活动，没什么回报，却收获到了许多的友谊和满足。

沙发的两边，立着高高的柜子，柜子每一格的玻璃门外面都夹着他们的照片：野外出游、朋友婚礼、纪念日留念……而且每一张照片都被装上了用卡纸叠好的照片角，照片角上跳跃的颜色似乎让整个家的氛围都热烈了起来。闻到了好故事的气味，心中隐隐有些兴奋和紧张。那些照片，一张张的，随便指一个就能听到很美的故事……

你在世界另一处

机遇真的是一个很神奇的东西，你永远不会知道最后陪着你一起组建一个属于自己的家、然后走完人生剩下日子的是一个怎样的人，不知道当你在家里喝着热牛奶准备进入梦乡的时候他是不是正在世界另一处的异乡忍受着孤独的痛苦；你也不会知道当你沉浸在悲伤之中的时候，他是不是正在世界另一处暗自许下诺言要努力奋斗。

阿飞是一个80后的小伙子，个子很高，皮肤黑黑的，一对浓眉让人印象深刻，不笑的时候看着很凶，就像菊子对他的第一印象："我第一次看到他的时候我就在想，这个人的眉毛怎么长这样，看着这么凶……"但是笑起来的时候呢，眼睛眯起来，又活脱脱是一个好人样子。其实在这次采访之前我们并不熟识，但当我联系上他并把采访的目的和计划和他详细说了一遍之后，几乎是没有过多考虑，他答应了。采访时，那些关于他、关于他俩的故事他说得非常认真，似乎比我还要担心会遗漏掉哪些重要的细节。这样的信任和赤诚，让人感动。

阿飞是四川凉山人，父母是土生土长的农民，家里的条件并不太好，小学毕业就去了武术学校。那时候的阿飞对生活最大的期望是找到一份保安的工作。从武术学校毕业之后，才十四五岁的阿飞投入了社会，开始在成都寻找工作。小学学历、少得可怜的工作经历和刚踏入社会的稚嫩让阿飞吃了很多的苦，受了不少的骗。谈起过去那些经历，阿飞显得轻松非常，但是从他微变的语气和皱起的眉头能知道，那段日子不容易。

2006年的时候，阿飞终于在成都市里找到了一份保安的工作，也就是在这一年里，他遇到了一群很重要的朋友，一群每当他提起都会加大音量的朋友，一群把他的人生轨迹推向另一边的人。

再来说说菊子吧。她是一个安静贤惠的女人，走进家门时一眼就看到了她，穿着的家居服是那种温暖低调的颜色。她的眼睛笑起来的时候好像会发光一样；她的声音，有着柔软轻盈的质感，给人一种特别的安抚。而你很难想象，就是这样一个娇小却充满力量的女人竟和阿飞有着14岁之多的年龄差距。

当阿飞在成都某个角落的值班室里仰望月亮思念远方的亲人时，菊子正在成都的某家公司上班。菊子的背景与经历都和阿飞很不相同：她的父亲是高级工程师，母亲是老师，有一个妹妹，家里的条件还算优渥。财会专业大专学历的她毕业之后就留在成都工作了，当过心理培训机构的培训师，和朋友创业，还做过国营单位总经理助理……2006 年，菊子报名参加了四川大学的函授课程学习法律。

于是，生命的齿轮按着其特有的节奏缓缓转动，世界另一边的他一步一步地向对方走去。

终于等到了你

两条线，穿越过各自的欢喜悲伤，然后在一个美丽的时刻相交在一起。这样的过程，美好得不像话。

2006 年，是阿飞生命中很重要的一年，这一年，几乎改变了他的一生。当时阿飞还是保安，机缘巧合，在参加一次 S 大举行的活动中他遇到了那群——用他的话来说——“很善良的人”。这群朋友算得上“丰富多彩”，有川大的学生，也有已经上班的中年白领……各个职业，各个阶层，各种身份，偏偏因为一种叫作缘分的东西聚到了一起。“在遇到他们之前我被人骗过，被人欺负过，对这个社会防备、怀疑，甚至有一段时间只要有人接近我我就会开始想他是不是要来占我的便宜……是他们，让我知道了世界上还是善良的人多一点的。”说完后，是一个略带羞涩的笑。

跟这一群有活力有朝气的朋友们相处久了，阿飞开始试着去重新审视自己的保安工作。他发现自己不太喜欢这份工作，因为这让他看不到生活的希望，继续做下去也只是为生计忙碌。于是，他做出一个决定——辞去这份工作。辞职跳槽对于现在大多数的都市人来说好像算不上是什么大事，但是在8年前，对于没有什么积蓄、家里又给不了什么经济支持的阿飞来说，却无疑是一个对生活的巨大挑战。

辞职后的阿飞求职压力很大，于是经由朋友引荐去找了当时正在成都某公司上班的菊子，这是两个人第一次见面。当时菊子正在负责公司销售人员的招聘工作，看到阿飞的第一眼，她心里就犯嘀咕了："这人的眉毛长这样，太凶了，怎么做销售啊?! 会把客户都吓跑的。"这件事最后也就不了了之。

两人第二次见面，是在2007年5月份，他们刚好同时参加了一个朋友组织的从成都到青城山的生存体验活动。在那次的活动中，阿飞总是那个背着最多包的人。"当时我身体不好，行走慢，阿飞干脆就一直陪着我走，落在队伍后面走了一路。"阿飞的体贴和细心给菊子留下了深刻的印象，两人的联络也逐渐多了起来。

在2007年年底的时候，朋友们组织了一个扩展训练。当时菊子的手上本来有一个很大的案子，但为了能够全身心地投入到这次的活动中，她把手头的工作都交接给了其他同事。一切准备就绪之后，她却被告知这次活动的名额已经满了。菊子的性格内敛，不希望自己的"强制加入"破坏大家原本周详的活动计划，所以她就这样将自己内心的想法默默藏了起来。哪知道阿飞在得知事情的前因后果之后，不断鼓励菊子再争取一下，再争取一下。最后，还真的让菊子争取到了一个名额。也是这一次的事情，两个人的关系又更近了。菊子说："他让我学会了为自己说话，为自己争取，而不是一味地接受。”就是这样的改变吧，两个看似原本完全不同的人在逐渐地靠近，靠近。

如果说前两件事都还不够打动菊子的话，那在灾难来临时这个男人表现出的博爱、无私和对自己发自心底的关怀，大抵就是打动菊子的最后一击。

2008 年，四川地震发生之后，阿飞的第一反应不是自己的财产生命的安全，而是骑着单车挨个去朋友的家，通知大家去到安全的地点集合。阿飞找了很久都没能够找到菊子，原来菊子当时是和一个朋友出门了，他们俩回到家看到纸条之后便立即赶去了集合地点。“他当时看到我们，立马就跑了过来，特别担心：‘哎呀，你们俩到底去哪儿了，找了好多次你们都不在家，急死我了。’”大概就是这一句急匆匆、暖和和的话，菊子对这个男生的好感度直升。有些东西开始在两人之间发酵，只是这 14 岁的差距，让菊子的心里一直放不下，“我们俩差着 14 岁呢，他还年轻我就已经老了，要是以后他不要我了，我要怎么办?”前一段不太幸福的婚姻让菊子的内心变得十分敏感，她不愿意去碰触那些有可能会失去的东西，甚至有时候面对着连恋爱都没谈过的阿飞，她自己会有种连自己都说不出来的淡淡的自卑。

两个人的关系就这么一直模模糊糊的，不过，是幸福。

一路走来，有你就好

2008 年的时候，一行十几个人从四川结伴来到了北京，其中就有菊子和阿飞。离开有着家人、回忆和美食的家乡，来到这个离家几千公里，气候、习惯、风俗甚至生活节奏都完全不同的城市，这个掩埋了太多人梦想的城市。

“当初没想太多，朋友约嘛，就跟着一起来了。想要试着从零开始，把从前的一切全部都放下，找寻一种人生的挑战，趁年轻把自己的理想实现一部分，把心底最坚持的东西变成现实，尽量走远一些，看多一些。”这样的回答和我设想的太不一样，不是因为薪水，不是因为机会，甚至不是因为想要谋一份好的工作，只是因为这样在大多人看来过于理想主义的理由，十几个年轻人踏上了北京这片土地，开始了人生新的征程。

刚到北京的时候，两人的工作都不太顺利。阿飞的小学学历让他在北京这个重学历、重经验并且人才遍布的地方很是受到一番打击，一年的时间里他换过四份工作，而且大都是电话销售和推销员这样需要耗费大量时间，被客户不断拒绝奚落还拿不到多少报酬的工作。

而菊子那边呢，到北京的前半年里，她一直在一个 NGO 里工作，方向是大学生心理咨询。菊子说，最初加入这个组织是因为心底存留的理想和信念，想要在一个新的地方，依靠自己的信念开始一段完全不一样的人生。但是理想和现实是有差距的，NGO 的工作和自己料想的还是有些不太一样，薪水很少，组织运作也不甚顺畅。最后，因为经费运作的问题，菊子离开了这个组织。

而在这期间，两个人一直保持着联络，阿飞的性格让他想要小心翼翼地守护和等待，而菊子却一直躲在自己的世界里惧于鼓起勇气去接受一份新的爱情，于是他们就这么在异乡里彼此依赖着，却也无法再将关系推进一步。“喜欢了她很久，却一直不太清楚她的心意。找共同相识的朋友去探口风，却得到了否定的回答。于是便想给自己最后一次机会，亲自问一问她对我到底是什么看法。如果失败，那我可能就真的再也没有勇气坚持下去了。”在2009年菊子生日的时候，阿飞向菊子表白了，“你愿意做我的女朋友吗?”一句简简单单的话，扰乱了两人的心房，菊子答应了：“我能够感觉到，如果这个时候再不勇敢一点，我可能真的会失去他了。”两个人终于走到了一起。

相恋7个月后，阿飞决定向菊子求婚。那天，菊子像往常一样和朋友约在了某大学校园的咖啡馆里聊天谈心。“那天我的朋友很奇怪，11月的北京，已经有些许寒意，她却偏要我坐在窗户边上。我是有些纳闷，倒也没有多想。”聊着聊着，朋友一声大呼：“菊子！看窗外!”楼下，是阿飞，还有他们俩所有的好朋友。然后，一个孔明灯缓缓升了上来，上面写着“菊子，嫁给我。”真的很难想象，阿飞这么一个不解风情的小伙子，却给菊子留下了如此罗曼蒂克的回忆。

菊子答应了。

紧接着便是婚礼的筹备，婚礼的形式、双方父母的意见和家庭与工作间的平衡成为了这对北漂夫妻结合之后面对的第一个挑战。婚礼敲定在四川举行，菊子也和自己的爸妈介绍了阿飞的情况，一开始他们对阿飞的家庭环境颇有微词。“当时我就和他们说：‘我的前夫就是一个你们所希望的人，但是我嫁给他之后也并不快乐。’”最后，他们得到了菊子父母的祝福。

但是怎么和阿飞的父母解释双方的年龄差距又成了难题。一开始，阿飞只和家里的老人含糊地提过女方的年龄要比自己大一些，但却没有说到底大了多少，担心父母没有做好接受的心理准备。

这个秘密一直瞒到了就要进行婚礼的前几天。那些天里，菊子一直感到很焦虑，特别是在知道了同是“姐弟恋”结婚的朋友因为隐瞒年龄的事产生了很严重的婆媳问题时，越发不安的她做出了一个决定，“我想要和他的父母讲清楚，我不想让这件事变成我今后婚姻生活中的一根刺或者一个炸弹。”鼓起勇气的菊子给阿飞打了一个电话。

听完菊子的决定，阿飞扑哧一声笑了出来：“不用说了，爸爸早就知道了，我正准备给你打电话呢。”原来，看着儿子支支吾吾的样子，老两口心里早就有了疑问，等到双方父母聚在一起商量婚礼的时候他们便“无意”地聊起儿媳妇妹妹的年龄，回到家一算——发现这儿媳妇至少比儿子大了八九岁。老两口没有在这件事上有太多的反对，他们尊重儿子的选择，也非常喜欢这个稳重体贴的儿媳。

个人问题告一段落，工作的问题可不是这么好解决的了。

2010 年的时候，阿飞又失去了自己的工作，于是他开始思考自己未来的就业岗位和方向。紧接着，阿飞在中关村库管物流找到了一份工作，并在这期间开始学习数据库知识，工作学习两不误。因为计算机本身就是阿飞喜欢的东西，所以阿飞不管是学起知识还是干起活来都很认真。

这样的日子一直到了 2011 年 5 月份，阿飞换了一家公司，是一家水果配送专业领域的公司，专门为政府重要单位配送水果。后来查出了自己是乙肝病毒的携带者，虽然没有传染性，但是在吃药的时候被领导发现了，所以便被安排提前做了单位体检。体检报告出来之后，领导便和他谈话，希望他可以自己主动提出离职。当时阿飞感到很委屈，觉得自己被歧视了，没想太多就自己辞了职，“后来想起来这件事才反应过来，其实当时是可以为自己争取一些权益的。”——他被辞退的时候已经过了三个月的实习期，马上就可以转正了。

但是，有些事情，是福是祸真的不一定。被果业公司辞退之后，阿飞很幸运地在SU找到了一份工作，这份工作有关于程序修改，对应聘者的程序编写能力要求不高。阿飞很喜欢这份工作，有盼头，而且能够学到东西。就这样，阿飞一直在SU工作到了2013年。从2013年到现在不到一年的时间里，阿飞都在从事互联网金融工作，用我们的话来说就是“技术员”。

阿飞最打动我的，就是那股永不言败的精神。“小学学历就敢来北京闯，该怎么过下去?”为了实现自己的愿望，阿飞2013年的时候参加了网校的有关程序设计的培训课程，2009年的时候还在朋友的支持和鼓励之下参加了人大的自考。相信自己，就是人生成功的第一步。

而菊子这边呢，从NGO辞职之后，在一个青少年素质培训中心工作，主要负责日常的带团，但是因为在一次带团的过程中出现了意外，其中一个团员骨折了，而这个小团员恰好是北京某高层的亲戚，于是菊子被开除了。

菊子的第二份工作是在海淀区一家心理辅导中心做心理辅导员。刚入职的时候，领导对菊子的期望很大，所以给了她很丰厚的薪水和很不错的职位。领导高期望带来的压力、制度不合理带来的各种冗杂而烦琐的工作，压得菊子甚至都不能够静下心来好好钻研更加优秀的心理辅导课程。工作成绩不高，自己又向老板请了婚假，于是在菊子结婚的前夕，遭到了老板的降职降薪，这对正要走入婚姻的菊子来说是一件很令人沮丧的事情。

就在这个时候，一位在上海某外企工作的朋友向她抛出了橄榄枝——公司要在成都开设分店，朋友想要邀请菊子回到成都去担任分公司的人力资源总监，开出的薪水也很不错。但是菊子却并不想要放弃在北京这一份自己还算喜欢的工作，而且刚被降职就离开也显得自己太过于怯懦，她想要凭自己的努力来获得成功和尊重。后来，她开始沉下心来，努力专注于自己工作的探索，设计出更好的心理辅导课程。她终于受到了老板的肯定，职位和薪水有了很大的改善。

“为什么这么喜欢心理培训这份工作呢？”

万万没想到，这一问，问出了一个梦想。

菊子和我说，她从小就一直想当老师，“因为真的很难想象啊，一个人的一生可以因为另一个人而有这么大的改变。所以很想当老师，当一个好老师，去给很多很多的人力量，去帮助他们。”只是，高考的失利让菊子失去了实现这一梦想的机会，后来走的路也让菊子意识到自己距离理想越来越远。然而心理辅导，就是这一份工作，对她而言是不同的。“后来我慢慢体会到，其实我不是想当教知识的老师，我更想成为那种教人向上的人生导师，而这正是心理培训师可以给我的。”

这是我的梦想，我想要一步一步踏实地完成。因为这样，菊子很认真地在研究如何才能设计出更好的课程，为此，她甚至拒绝了老板同时担任行政工作的要求。“行政职位向上发展的空间更大，但是我宁愿就这样做培训师、主培训师、首席培训师，一步一步走好我自己喜欢的路。”这样的豁达和坚定，让人敬佩。突然就明白了那句话，诚实地面对自己的心，就不再需要选择。

一步一步，从当初刚到北京时候的懵懂无知，胸腔里流淌的满是对未来的幻想，到现在经历了现实的考验之后拥有了坚硬外壳的柔软的心。菊子和阿飞这样的北漂生活或许有些波折，尝到了很多社会中隐藏的不公和黑暗，但真正触动到我的，却是他们面对现实社会所表现出的那种不灭的理想主义情怀。

有梦为马，随处可栖。

信仰得爱

王　月

「

阎磊和妻子在教会工作过程中相识又相爱，从而修成正果步入婚姻殿堂。尽管四川老家有着较为舒适的条件，但是他们为了信仰和梦想，仍然在北京打拼着，筹划着他们即将开启的三口之家的新生活。

」

“她家境不错，却不是那种只会追求物质享受的女生。我俩明明是完全不同的性格，在一起却非常舒服开心，会走到一起……是因为直觉吧。”

因为怀孕不久，妊娠反应非常厉害，阎磊的爱人小蕾没办法和他一起接受我们的采访，但每当我问起他们两人之间的经历，阎磊总是会下意识看一看身边空空的位置，温柔地笑笑，扶一扶鼻梁说道：“这个问题……要是她在就好了，我也挺想知道的，应该会特别有趣……”俨然一副大男孩的温柔模样。

爱·家人

阎磊是重庆人，大学本科考取了四川大学的软件工程专业，小蕾正好也在川大读研究生，再加上两人当时同在一个基督信徒的圈子中，经常参加朋友们组织的各种活动，慢慢地便熟识了，但关系却仅仅限于普通朋友。

2008年，北京奥运会，中国接过了来自雅典的奥运圣火，举国欢腾。也是在这一年里，一行十余个来自成都的青年们迈上了北行的征程。

“当时去北京的目的啊？……其实没有想太多，只是因为刚好有一个到北京教会工作的机会，就跟着大家一起过去了。”

小蕾当时也在教会中工作，因为工作的原因，两个人的接触逐渐多了起来。慢慢地，阎磊对这个内向文静而且理性稳重的女孩交了心，再加上两人身边朋友也不断为他们制造机会和给予支持鼓励，然后似乎就像阎磊所说的“因为直觉”，一切都是这么自然而然，2009年，两人正式确定了恋爱关系。

其实两个人的性格有很大的差异，一个外向开朗，一个就内向文静；一个是多愁善感，一个就是理性冷静。但是性格从来就不会是阻碍真爱的理由，或许也正是因为两人这样互补的性格，他们的生活过得平淡却温馨。交往一年多之后，两个人决定走进婚姻的殿堂。

订婚仪式是在坝上草原举行。当时正逢朋友们相约一起到那儿游玩，亲朋好友们都在，阎磊便借着这个机会，策划起了向小蕾求婚的仪式：一段自己剪辑的两人从相识、相恋到相守的视频，一枚戒指，一束花，阎磊娶回了真爱。

不过再美的花，都比不上一个真心的承诺。其实就是这样，真正的生活中并没有太多非君不嫁、非卿不娶的壮烈誓言，大多数的人其实只是随着生活的细流一步步往前走着，到了一个阶段就做那个阶段的事。但就是这样一点一滴浸入心里的欢喜和宁静，更让人确定和专注。

准备婚礼的过程很顺利。小蕾的爸爸是军人，妈妈是银行职员，阎磊的父母是普通的工人，两家的家庭背景相差不算太大。三岁的年龄差距在如今的时代也算不上是什么问题，倒有些“女大三，抱金砖”的祝福寓意。父母、朋友都给予了极大的支持，甚至整个婚礼大部分的筹备工作都是由阎磊在教会中结识的朋友们来完成的。“朋友们为婚礼专门成立了一个小组，他们都有经验了，有些还是专业的人士，比我做会好很多。”

直到结婚前夕，阎磊的夫人向他坦白了一个秘密。原来小蕾之前曾经患过暴食障碍，这种病症在医学上属于进食障碍的一种，也被称为“神经性贪食症”。最初听到这件事的时候，阎磊非常震惊，从前只在电视上看到过的事情，现在竟然就这么真实地发生在了自己的身边！

“其实之前想要结婚只是因为谈了这么一年多恋爱觉得结婚是件水到渠成的事儿。她告诉我这件事之后，就觉得，这辈子就是这个人了，真的很想要和她好好过日子，一起走下去。”两个人将自己的过往和缺点向对方坦露，从此之后，不管开心难堪还是压力痛苦，都变成了两个人的共同财产，由两个肩膀来扛。相约一起走完余生的人，怎可少了坦诚。

爱·生活

见到阎磊的第一眼根本不会相信他已经迈入职场两年。一顶鸭舌帽，一双运动鞋，背着个黑色双肩包，朝气蓬勃，就像一个刚刚远足回来的青年，眼睛里满是沿途的风景和自由的气息。

“你如何评价你在北京的生活呢？”

“其实我还蛮喜欢北京。因为我很喜欢运动，当时从成都来到北京，立刻就喜欢上了它的天气，干爽舒适，有时天晴出太阳了就会约上朋友一起出去玩。”大概是注意到了我听他说喜欢北京天气时露出的惊讶神情，他羞涩地笑了笑，耐心地解答：“现在是你们运气不太好，北京的空气污染越来越严重。当年我们刚到北京的时候，空气啊，交通啊什么的都非常好，不过和当年北京正在举办奥运会也有一定关系。”

刚到北京的时候，阎磊和小蕾分别和自己的朋友们一起合租，三四个同性朋友一起租一个两居室的套间，月租 2500 元，平摊下来对于他们都还算可以接受。虽然总体的居住条件比不上家里，但是在北京这个寸土寸金的地方，比起大多数的北漂青年，实在是好太多。

结婚后，阎磊就开始着手寻找属于两个人的家。因为朋友们几乎都住在三环的海淀区附近，为了方便与朋友们走动，他们便决定也把房子租在这里。虽然租金高了一些，但是因为当时他和小蕾的收入已经比较稳定，便就这么把事情定了下来。对于大多数北漂的年轻人来说，住所是很麻烦的一件事，距离公司的远近、交通的便利程度、租金高低都是需要考虑的因素。虽然阎磊现在说起当时找房子的经历一副轻松的神情，但是接下来的话让我意识到并非如此。

“我们一开始找的那个房屋中介是个黑中介，骗走了我们足足半年的房租，一万多块钱。不过幸好那会儿我们已经有了自己的一些积蓄，不至于打击太大。”现在阎磊和他夫人在北京海淀区三环的某高校旁边租了一个一居室的套间，每月租金3500元，住得很满意。“短期内还不会考虑在北京买房，成本对于我们现在的收入来说实在太高了，如果每月要供房的话那就基本什么都干不了，而且租房子也没什么不好的。也许等到以后收入到了一定量的时候会考虑买房吧。”

一居室的房子，3500元的月租，没有车，这样的生活在父母看来是不太舒适的。小蕾的爸妈多次问过他们是否想要回到成都发展。“其实父母的经济条件都还不错，在成都都有房有车，但是我们的事业、朋友都在这儿，走不了。”

阎磊和妻子生活的基础就是他们的朋友圈，这个也是支持他们在北京继续生活下去的一大原因。偶尔周末他就会和朋友们约出来，一起去郊游远足玩飞盘。有时候大家还会相约一起去参加一些活动，一年一度的北京马拉松就是他们不会缺席的活动之一。“我们俩都参加过，她（小蕾）还跑过了半程呢。”也就是这样一群热情而且活力四射的年轻人，成为了阎磊和妻子在异乡同样可以过得温暖舒适的最有力的支持。

平日里，除了忙碌的工作和娱乐活动，阎磊还曾和朋友们一起组织了一个义工小队。义工小队里面的志愿者们形形色色，有来北京之前认识的朋友，还有朋友的朋友，一点一点地，原来只有寥寥几个人的组织慢慢扩大。虽然现在因为工作的原因已经退出，但是作为义工小队组织者之一的阎磊，提起它的时候语气中仍然是掩不住的自豪感："这个项目在成都的时候就已经开始做了，那个时候志愿者们在周末的时候就会去到选定的社区里，为孩子们提供相应的课程和辅导，规模逐渐壮大成熟，现在已经被成都政府的慈善机构合并了。我们几个朋友就想要尝试着把这个项目在北京发展起来，最后我们选定了海淀区一个外来务工者聚集的社区。"阎磊和志愿者们每隔两周都会来这个社区里提供志愿服务，他们会带孩子去到公园里春游，给孩子们设计有针对性的品格培养课程，还为孩子们准备相应的课业辅导。没有报酬，没有荣誉，没有关注，什么都没有，他们却仍坚持了下来，一天一天，不曾放弃，期间虽也会有人因为现实原因退出，但是也不断有新人进入，如此循环，不曾停止。

生活的精彩，不在于周围的人事物能够给予你什么，觥筹交错间依然有人眼睛里盛满虚无。你选择了什么，给予了什么，这些才是真正能够塑造生活的东西。

爱·工作

"研究生毕业以后一直到现在我都没换过工作，挺喜欢这份工作的，能做着自己喜欢的事，为未来更好的发展努力。"

初到北京的时候，阎磊还只是个软件工程专业的本科生，没有过任何相关的工作经验，毕业后也一直是在教会中工作。来到北京约一年之后，他做了一个决定，考北京航空航天大学的研究生，回到学校继续读书。“当时我大概复习了四个月，每天都会到人民大学的教室里复习……”最后，阎磊考上了北航的教育系统设计专业，而且成绩优秀的他还获得了奖学金，并没有花费家里太多钱。

“走进社会了才知道，原来在学校里学到的大部分知识其实都不太用得上，工作几乎就是全部从头学起，但是学到的那些方法是相通的。”毕业之后，阎磊开始找工作，当时他一共发出去了10份简历，也面试过几次，不过都没有结果，直到遇到了现在的这份工作。“这份工作和我的专业是相关的，而且我自己本身也是非常喜欢从事教育这一块，感觉就像是为我准备好的一样。”于是，阎磊终于在这座城市里找到了自己的位置——在一家互联网公司从事教育产品设计。

不同于阎磊，来北京之前，小蕾在成都曾经有过一份工作，是在平安保险公司担任经理助理。来到北京，辞去教会的工作之后，她便去到一家从事电子元配件的民营企业，主要从事人力资源管理的工作，“公司整个人力资源部就只有她一个人，既是主管又是员工，工作非常忙。”

直到不久前，小蕾怀孕了，夫妻俩便商量着先缓一缓工作。“现在要宝宝，我们的年龄是最主要的因素，然后小蕾正好也在考虑换工作的事儿，我们就决定先把这个宝宝生下来。”阎磊还说，他的工作也在慢慢稳定下来，所以他们计划生下宝宝之后三到五年里都让小蕾在家带孩子。“还是希望等到孩子上学了再出来工作。相对来说，人力资源管理这一个领域的变化不会太大，所以复出之后也会好适应一些。”也许在很多现在还在为生活奔波的年轻人看来，放下工作留在家中带孩子这个行为太过于“奢侈”，但对阎磊和小蕾来说，这只是一个选择问题罢了。面对选择，有人选了牢牢抓住工作机会不放手，而阎磊和小蕾选择的则是在对现实有详尽考量的基础上，尽自己最大的努力、给予自己宝宝尽可能多的陪伴和爱。

“最近父母们也经常在问我们的打算，其实现在我们俩还是希望能够留在北京。不管是现在的工作还是生活状态，我们都很满意。”现在，阎磊和小蕾的月收入是16000元，除去了房租后仍绰绰有余，而互联网教育作为近年来兴起的产业，前景也是叫人看好的。“估计未来三到五年就能够做上产品经理，到时候仅就我的收入应该就能到15000元左右。”谈到这里，我就想起了一句话：那些所谓生活真正的绝望不是此时的艰辛，而是看不到未来的希望；只要有光，现实便是欢喜的。

北京就是这样一个城市，它空气污染严重，交通拥堵，还限制户口，人均资源也非常有限，遭到了无数人的诟病。但是，也就是这么一座“缺点无数”的城市，这么一座永远充满未知的城市，教会了我们成长，让我们学着独立，给予我们公平的机会、资源，空气中仿佛随时都充满着一股无形的力量，日复一日地推动着人不断学习、吸收、进步、提高，让你逐渐学会——实力，永远是一个人最大的安全感。

一切的一切，只有相信，才能实现。

我在北京成家

施炫伶

「

一个在北京成家的 80 后姑娘对于婚姻、家庭和事业的思考和感悟。

」

王玲来自湖南，33 岁，她是一个活泼开朗的女子。她是同事心中的“Drama King”（“戏剧之王”），她是学生心中的“情感专家”。这个女子在北京的成家路上的故事是否如她脸上的笑容一般明媚灿烂呢？

关于“北京”

王玲第一次来北京，是在湖南大专学校学习两年后。这两年，她失落、自卑、迷茫却也努力着。因为高考没有考好，父亲总是说“我这么个高材生，怎么生出你这么个女儿，人家都考上大学了，就你没考上。”在他心目中，王玲的三本“还算凑合”的学校就不是“大学”。当时她就在心里想，“我要是英语好，我要是出个国，爸爸肯定对我刮目相看哪”，所以就一心学习、看书。最终，她做出让父亲惊讶的决定——去北京。因为姐姐在北京毕业后留京工作，她想要像姐姐一样在这个新的环境开始自己新的“人生”，开始努力就会有回报的人生。

回忆起在北京的经历，她说：“因为有姐姐在这，没有北漂的辛酸感。就因为有一个人在这儿，就不害怕了，就算到现在为止，我也没觉得来北京让我有多么辛苦。其实自私一想，哪个人不是离开自己的家乡去拼搏和成长呢，很少有人一辈子都待在自己的家乡的吧。或许来北京和去其他地方也差不多，可能是个性原因，我到哪里就会很快地融入哪个圈子。”

来北京后第一个大决定是学英语。王玲觉得高中的时候英语还不错，而且当时英语是热门专业、可以让父亲对自己刮目相看的专业，所以她在新东方报了周一到周五全天的培训班，同时在新东方做了一个寒假兼职——咨询顾问。也是这个时候有了对新东方比较深入的认识，开启了她的职业生涯。

一个寒假后，迎来了2003年“非典”，王玲回家乡晃荡了近一年时间，正躺在床上想自己什么时候回北京，就接到了新东方的电话，问她愿不愿意再做一个寒假的咨询工作。她欣然前往，并在第二年4月份转正了，她说：“同一批的兼职员工只有我和另一个女孩转正了，其他很多来得比我们早的人都还没有转正呢。当时觉得有这份工作可难得了，工作热情可高了。2004年的时候，新东方特别火，寒暑假报名的人都能排到四环边上。我们都是裹着军大衣在那儿工作，吃饭也只有15分钟的时间，马上要去换下一班人。虽然苦虽然累，但是心里别提有多自豪了。咨询一排6个人，收费8个人，然后一个小时换一次班，接电话的人也不能总在里面坐着接电话，但有时候我们忙着就会忘记换班，在外面一站就大半天。人家都站着排队呢，我们也得站着工作呀。两三千块钱，但是可卖命了。心理学的效应，你自己很善良很开朗，你遇到的人都是很善良的。觉得自己很幸运，能够提前转正就是很好的例子。”王玲认为自己是包容性很强的人，总是能让不同的人觉得自己身上有优点，也能在别人身上挖掘到一些优点自己学习。

说到此处，王玲感叹现在很少有这样的人了，很多人都是在公司混日子，过一天算一天。虽然很多人是名牌大学毕业的，在理论知识上能吃得了苦，但在实践上确实是没有原来那样的吃苦精神了。

为什么就这样在北京待了十多年而没有离开呢？其实王玲一开始没有决定要留在北京。高中同学很少有来北京的，要么南下，要么留在本地，但回想起来，能在当地有成就的大多都是家里有“后台”的。其实我们湖南上学的，大多数都会选择去广州，因为当时觉得我们学历低，不应该来北京这样的文化都市，觉得北京可遥远了，但是来了才发现北京可朴实了。要是去上海，去广州，肯定没有北京这样的包容性。而且这儿是说普通话，要是去上海广州，还有语言障碍呢。

高中毕业的时候同学们问她要不要一起去广州，“我还说不去。人家现在都成高管土豪了，真是可土豪了。这就是为什么有时候不想去同学聚会见他们，真没意思。当时，我的想法有点怪异，你们都去，我就是不想去。我不喜欢人多的地方。爸爸说，‘那你到底去哪里？你姐姐在北京，你就去北京吧。’”

但回首自己在北京的几年，王玲觉得自己在北京归属感挺强的。自己脱产学习目的之一就是想要落户。母亲的传统思想的影响，就算是我在北京工作稳定了、有社保、有车有房了，但是没有北京户口就不算是这里的人，心里总是不踏实。曾经还因为这个原因想过离开北京。也曾想过在燕郊落户，在燕郊买了房子。虽然说是随缘，但是为了孩子，有一线希望都还是要往那个方向努力的。能让孩子少走点弯路就少走点弯路，尽自己所能给他提供更多的资源、更好的平台。其实父亲曾经是华中科技大学当时留校的校企工程部的小头头，他同事的女儿就从小在华中科技大学附小、附中读书，虽然不算多么优秀，但在学历上就比我少走了许多弯路。“相信如果当时父亲没有从武汉搬到我们家现在在的那个小地方，后面的事情一定会大不同。”

王玲觉得自己的阶层没什么变化。

“我们很多人都处于中产阶级，每个人奋斗目标不一样。我们都是‘差一半儿’达到自己的目标，有的人身家几千万，想买长安街的房子差一半儿；而我想买海淀区的房子，也是差一半儿。有时候确实是奋斗一辈子社会阶层也不会上什么台阶，但是也说不定昨天还和我们一样的人，碰到拆迁，明天就成了身家 3000 万的土豪。我和我的上一辈都在努力奋斗中。都是为了下一代奋斗，让孩子少奋斗五年十年的。在北京的机会一定是比小城市多很多的，就像小地方有 5 个名额，3 个给了有‘关系’的人，你就只能为了两个岗位去奋斗、去竞争。但是在北京，有1000个名额，200个给了有‘关系’的人，我们还有800个机会呢！”

关于“车”、“房”

“我之所以没有住过地下室，是因为姐姐来回跑，她在三里屯上班，但我们在农大租了一个小平房。这也是我为什么想要那么早工作，就是想自己挣点钱，家庭条件也不是特别好，不想看着姐姐那么辛苦。”

2005年，王玲和姐姐分开租房，一方面是自己工作稳定，另一方面姐姐为了更高的工资，换了在亚运村那边的工作，而且有男朋友且谈婚论嫁了。王玲跟同事一起租房，4个人，两间房，她们就管它叫“宿舍”。大家感情挺好，在一个公司上班，一起吃饭，觉得当时很单纯，工作很努力，自发加班加到凌晨2点做ppt。很少有单独行动的。大家都特别有上进心，在单位都是人才呢。当时都不会做ppt，都是在网上查，互相教着做。

王玲对于学历高的、留学的人，羡慕但不嫉妒，内心也有一点小小的自卑，觉得自己没有那么好的出身。只是上进心一直让自己走到现在。没有很强的功利心和野心，但是要学习才能和别人站在一个层面上聊天。她想学更多的东西，让自己有上升的空间，在战略层面有瓶颈，虽然做了十个八个项目，但眼界也不够开阔。这也是后来她毅然决定脱产读研的原因。

关于“家庭”

每个人都有自己的价值观和排序。王玲原来的排序：一直是工作（学习）—家庭—爱情。“至今我也不会把爱情放在第一位。所以我的感情生活一直不是那么顺利，就是很平淡。没有像别人那样因为失恋而天天闹腾，感情的事对我的影响不是很大。我发愁一般都是因为工作，还有就是父母年纪大了，我想着怎么平衡家庭和工作上的时间。”现在，她的排序是：家庭—学习—爱情。也许随着一个女子的成长，家庭对她来说有着越来越重要的意义，甚至为了家庭她可以放弃年轻时的梦想和事业，可以为了家庭控制自己的购物欲，可以为了家庭付出和改变。

“其实我一直是‘外迁户’，在武汉长大，小学回湖南，所以我对家乡没有特别的依恋和情结，觉得自己一直都在‘漂’，所以也就没有什么‘北漂’的感觉。相信哪里都可以是我的家，只要我的家人和我在一起。”

王玲认为婚前婚后最大的变化就是老公变了。“婚前老公可稀罕我了，带我吃这个、玩儿那个，买这个买那个，只要我说要什么，天上的星星都恨不得摘下来给我，虽然我也没提过什么过分的要求。但是婚后没把我当回事儿，到现在也只收到过一次礼物，还是我自己要来的，我说‘这生了孩子是不是应该有点奖励呀’，然后他送了一个几万的镯子。而且也不怎么带我出去吃饭了，总是说：‘家里的饭不是挺好吃的吗。你看爸做饭多好呀，我们不回去吃饭爸该不高兴了……’婚前还总是带我去吃‘必胜客’呢。现在也不带我出去玩儿，都是我自己订好，然后开车带孩子爸妈一起出去玩儿了。”而她觉得唯一能成为丈夫辩解的理由的，可能就是有了自己的家庭、孩子，他觉得自己负担更重了，该把更多的精力投入到工作上多挣钱了，然后安慰自己“人和钱只能占一样嘛”。而且婚前处关系肯定有讨好女生的成分。不过婚后女人也是有变化的，感觉爱情方面又回归平淡了，双方都有需要照顾的东西，父母年纪大了需要照顾，孩子还小需要照顾，剩下的精力就照顾老公了，感觉更多的是亲情而不是爱情了。

有了孩子之后，晚上不能经常玩得太晚，一个星期有一半的晚上要陪儿子。我觉得很自豪的是，儿子从小到大的洗澡都没有托过别人。就是今晚要回去给儿子洗澡，我会推掉所有的事，谁请我吃饭都不去了，就是要求自己一定要遵守这个。虽然很遗憾不能刷夜了，不能晚上去酒吧玩儿了，但是有舍有得，儿子就是最好的回报。

现在学会把家庭放在第一位，以前总是为了学习为了工作推了家庭聚会，减了在家里的时间、为家人做的事，现在可以做到为了孩子父母推掉很多工作上的事，放弃很多自己的事。“但是有时候我还是很自私，会让父母照顾着儿子，自己出去玩儿。因为我始终觉得自己要活得很开心，我才能把这种开心传递给我儿子。”

有了孩子都会有一些改变，觉得自己多了一个角色。“不养儿，不知父母恩”，觉得父母好像一下子苍老了很多，随时会离我们而去一样，不想让他们走之前觉得“只是在北京待过”，想多带他们出去走走。想想父母也很惨，先帮姐姐带孩子，带大了又来帮我带孩子，在北京都待了十年了。其实父母不是不想出去玩儿，也像我们一样有着自己的爱好和想法，只是他们的责任感比我们强，所以能够为了别人放弃更多自我的东西，总觉得要把小的看好了，才能忙自己的事。

寒假想带父亲去俄罗斯玩儿，正好减价还可以买个皮草穿穿。父亲说：“好呀，我们也买个皮草穿穿，去!”后来一想说：“不行呀，那东东怎么办？”我说让妈妈带着。父亲担心妈妈一个人管不住。然后我一痛快，说那就带儿子一块儿去。父亲又顾虑了，“那孩子还小怕冻的，冻坏了怎么办？”

其实，王玲曾经放弃过一个孩子。当时是她的事业上升期，刚调到另一个管理部门，她觉得这个时候有孩子会影响自己的职业发展。而因为工作量和压力，身体也不太好，情绪也不太稳定，于是放弃了第一个孩子。“2010 年，姐姐换房子的时候请‘大师看风水’，正好中秋节我们回去看姐姐，一起吃饭，姐姐就让大师顺便帮我们看了一下，就说‘你俩挺好的，就是该要孩子了’”。然后听信大师的建议，两口子就开始准备。过了大半年还是没怀上，而且丈夫在外地出差，差不多就放弃了，顺其自然了。单位体检，还迎来一个晴天霹雳，说是又一项指标很高，护士给我打电话说可能有癌变的可能，一定要去复查。后来才告诉我也不用太担心，也有可能是怀孕了。6 月份有小产征兆，查出来怀孕一个多月，然后医生说这一胎有可能保不住。和在外地的老公打电话的时候自己忍不住掉下眼泪。但是在医院躺了两个多月，最终还是保下来了。也是挺奇怪的，听了大师的话，孩子就这样戏剧化地出生了。

王玲认为，在北京买车就是为了孩子。“那时凌晨 3 点孩子发烧，惊厥，一直吐，打车也打不到，大家都快急死了。后来就决定就算为了孩子也一定得买车。”

在北京，“隔代教育”难以避免。现在的 80 后，一方面对人生有自己的感悟，觉得自己一定要给孩子更好的教育，“不能让孩子输在起跑线上”，将来才能有更好的发展。另一方面又需要挣钱养家，没有那个时间和精力在孩子小时候精心照顾，就只能把父母叫过来带孩子。

关于“爱情”

人生的另一半——从父母的家庭脱离而组建自己的家庭的伙伴。这是我们一直在寻找的人，王玲认为，他是命运的选择，他是自己的缘分。

她是一个记性不太好的女孩，但对某些刺伤自己的事情记忆犹新。记得小学的时候隔壁班一个小姑娘跑过来告诉她：“我们班有个男生喜欢你……”但她皱皱眉说道：“我不喜欢他。他长得不好看，而且……”没想到小姑娘“切”了一声，很不屑地说：“你长得这么难看，有人喜欢就不错了，还挑别人呢……”

说起来那个男生也是小学“四大天王”中的“黎明”呢。不过当时我喜欢的是“郭富城”那种类型呀，可惜当时“郭富城”喜欢的是我们班那个班花，然后“刘德华”也是我的哥们儿。说起这件事时，她还不忘补充：“而且那个男生还特别矮，现在也很矮。想不到现在还成了个什么部长，很厉害呢。最逗的是，后来组织同学聚会，班长问我去不去，还偷偷告诉我：“原来喜欢你的那个男生还没结婚呢，他也去。”我还故意问了一句：“谁呀？我都忘了。”然后人家告诉我：“你放心吧，人家现在不喜欢你了，在追当时那个班花呢。我们班也就他们俩没结婚，刚好都留在湖南，正好凑一块儿去了。”说来也是，缘分就是这样，说不定当时我没来北京，就是另一番风景了。

初中时，她“是半个学霸”，经常考班里前三名，就喜欢学霸班长。但是因为不在同一所高中，联系也就少了。“我们从未捅破关系，所以至今还有联系。因为都结婚了，偶尔会说一些调侃的暧昧的话，挺好玩儿的。”

王玲总是“三人行”里的“第三者”，就是老做别人的电灯泡。她觉得这样慢慢的心态就变得很好。“我们80后和你们90后不太一样，我不喜欢自己和男朋友单独出去玩儿。我们宿舍的一个特别漂亮的姑娘总有很多人追，她和男生出去总是带上我。从来没有觉得孤单，觉得总在和不同的男生吃饭。高中的时候也是这样，总有男生给我飞小纸条，我可高兴了，但是打开一看，写着：麻烦你和×××（我们班的班花）说一声我喜欢她。”

高一暗恋的男生却不喜欢她，但是她从小就有一种和男生当“哥们儿”的气质，所以也没有表白。然后高二分班就分开了，后来那个男生想让帮忙介绍我们文科班的美女，这就是我介绍成的第一对。之后我们就开始了“三人行”，放学也一起走，也经常一起吃饭，也就弥补了“失恋”的创伤。后来他们俩在一个学校，我还去看他们，现在也还有联系，一直都挺好的。不知道为什么我的心态就是这样，从来没有说一定要和有好感的人在一起，感觉就是能保持认识、联系的关系就很好了。后来也是因为这个男生一直在心里，没有忘记，看其他人都觉得没有他那么优秀那么合适，所以一直没有交往新的男生。或许每个人都会有一个心中念念不忘的人，可能是轰轰烈烈的初恋，可能是不为人知的暗恋，可能是功亏一篑的恋爱，或许不再联系不再见面，却多少年后仍会在梦中想起那曾经的他；或许从未和老公谈起，却会和青春期的孩子分享曾经的故事和感悟；或许再回首已没有了当面的遗憾伤痛，却看到了自己美好难忘的青春。

2005年，公司里关系比较好的姐姐自己结婚了，就忙着给她介绍对象，或许是80后的共性——当红娘的成就感很强。就这样，她认识了正式的第一个男朋友，没有很刻骨铭心的感觉，就是和另一对儿一块儿看看电影、出去玩儿，打发着寂寞的生活。处了不到1年。一个偶然的机会我见了他妈妈，因为对姐姐的依恋更多，所以带他见了姐姐，互相都留下了挺好的印象。没想到两个月后我生日，他居然没有来，然后打电话说“我们分手吧”，把我气得生日都没过好，真是没劲。后来知道原因是男方妈妈说八字不合，觉得也不是特别喜欢。因为不爱，所以不痛。其实我一直觉得，结婚和恋爱不一样，结婚就是找一个不讨厌的人，慢慢处着产生感情的。就像是我其实之前特别不喜欢在电影院看电影，但是现在偶尔想去看看，就是被我老公慢慢培养出来的。

她后来又遇到了一个“有缘无分”的人。徐锋是分公司的，王玲是总公司的，一次偶然的机会他们认识了。双方一开始互相都看不上眼，双方都想找“有钱”的，虽然觉得彼此的性格都很好，觉得一定不会是结婚的对象，就是一块儿玩儿。她觉得他比较风趣，在一起很开心。“我喜欢到北京郊区玩儿，滑雪、骑马、打台球，觉得这些才是自己当时恋爱的时候想做的事，他都和我一起完成了。”即使心里知道不会和他走到婚姻的殿堂，但是女人心里总会有一些奢求，想要他多说几遍“我爱你”，为了一些小事偶尔还会和他闹闹别扭，“无理取闹”一下。就这样过了一年多，觉得挺开心的。但可能是觉得关系不能公开，付出了可能没什么回报，而且自己25岁了，也该想想结婚的事了，不该让父母担心，王玲开始接受安排好的相亲。

终于，那个有缘分的人出现了。“姐姐一个朋友见到我就问我有没有男朋友，我当然说没有咯，然后就给我介绍。2007 年暑假认识了现在的老公，他是农村出身，那时已经小有积蓄，可以在北京买房。其实我心里一直想的‘傍大款’也不是说要找一个身家几百万几千万的，就是单纯地觉得有一点物质基础之后的婚姻生活会更幸福，没有那么多负担。但是想想那个时候还真是‘脚踏两条船’，一边和老公说工作很忙，一边和他玩儿，两人还相约跨年跑到大兴去看烟花，很浪漫呢。”当时双方还相亲，互相调侃相亲对象说：“你那相亲的怎么样呀？”他也说：“那你那相亲的怎么样呀？”“天哪那个女生……”直到 2008 年 3 月，我和老公见了双方家长，基本就定下来了。这才和徐锋心照不宣地“断了”，因为我结婚了。不过感到幸运的是，现在还可以当作朋友约出来吃饭，他还调侃我说：“你现在是已婚妇人咯……”

王玲说：“其实有时候挺无奈的。结婚始终是两个家庭的事，即使性格各方面很合适，兴趣很相投。因为徐锋家是北京的，他妈妈非要找北京的，而我不是北京的。然后因为他的职位比我低，我已经是管理层了，而他还是下面的员工，我姐姐是绝对不会同意的。”或许也是因为没有爱到那个份上，感性没有越过理性的墙，或许没有在对的时间相遇，或许这就是“缘分”吧。其实后来还是一直没有放下这段感情，结婚的时候也没有请他，准备婚礼的时候心里说不上来什么滋味。有两三次喝醉了还给他打电话，他还是会安慰我。真是觉得很难得遇到这么合拍的人，我们俩就是会不谋而合地想到去一个地方。即使现在和老公生活得那么幸福都是有一些互相的迁就。还好我这个人没有把爱情放在很前面，只是心里很无奈。最诡异的是，他现在和我的闺蜜结婚了，还真是印证了那句“生活比电视剧精彩”呢！后来我闺蜜结婚，我去看她，他还说：“××来了，那我要不要见见？”然后我立刻回答，“千万别叫他来，他一来我就走了哈。”我觉得心里有点难受。其实当时我闺蜜是和他哥们儿在一起，我们四个还常常一起出去玩儿，后来我们双双分手，他们互相安慰，就有了孩子后结了婚。当时我闺蜜定下来告诉我的时候，虽然我已经结婚了，可是心里面还是说不上来的酸酸的。或许就像《停格》所唱，“把最初的感动巨细无遗地保留心中/才不容许让时间腐朽了初衷/所以放手/所以隐藏……”

这就是王玲——一个在北京从“小女孩”到成家，成为妻子、母亲的湖南女子。就像所有北漂的女孩一样，她有着自己的坚持，感受着首都的资源和便利，却也经历和忍受着一路以来的苦与憾。蓦然回首，满路花开，唯留一句：“相信哪里都可以是我的家，只要我的家人和我在一起。”

一路继续，随心而动

施炫伶

「

婷婷和刘畅是同乡，在高中便相识相恋，来北京上了大学。两个人也有过一段时期的分离。最终，有情人终成眷属，两个年轻人在北京这座城市扎根并且成家。

」

有的路，走了就只能继续走下去了。无奈却也无法舍弃，痛着却也快乐着。一切选择看似机缘巧合，却也渗透着她的爱与坚持。我们总是在时间老人的催促下匆匆忙忙、未经深思熟虑地做下那些人生重要的选择，也正是在这样的仓促中，我们潜意识地选了对自己最重要的东西，放下其他的美好之物，这就是“舍、得”。

体育之路

可能是遗传，父亲年轻的时候是学校篮球队的主力，姐姐和弟弟运动能力也很好。沐婷婷在六年级时被学校派去参加全市中小学生运动会，参加的两个项目都拿了第一名，吸引了中学教练的目光，由此开启了她的“体育之路”。

由于中学体育教练强烈要求发展体育生，婷婷就这样被保送到了家乡最好的中学。她觉得奔跑的感觉特别好，小时候爱玩儿“追逐跑”游戏，别人总是追不上她，而她想要追谁，不论男生女生，随便一追，“咔”就抓到了。或许是这样的成就感，让她不管训练多累，心里也没有觉得苦。她总结自己得奖的经验时，总说，“你要是有兴趣，就能坚持下去，一点儿也不觉得苦。”

可是练体育确实有些影响学习，初一初二还好，到初三就觉得学习起来很吃力了。其实初一时，家里想让她不练体育了，可是她不答应，整天嘟着嘴说“我就喜欢，我就要练”。每天五六点起床，可开心了，“噔噔噔”就跑着去训练了，然后练完又“噔噔噔”去上课了。随着初三时成绩下降，只能通过体育特长考试，上了最好的高中。到了高中，作为体育特长生，就没有选择训不训练、退不退出的权利了，每天都有固定的时间，必须去训练，然后代表学校出去比赛争荣誉。像是恶性循环，她的学习开始偏科，可是体育生只能选择理科，“我生物还凑合，化学勉强能及格，但物理从高中开始就从来没有及格过……后来直接就放弃了。”

就这样一路走到高考。父亲一个在某体育大学工作的朋友听说婷婷是练体育的，就说：“多好呀，那怎么不考体育院校呢？”于是，她参加了某“运动训练”专业的单独招生。在等待录取结果的同时，她回到学校开始准备另一条路——体特高考。这是文化课、体育都要考的，回忆起来，那是学习时代压力最大的时候。其他同学都在冲刺文化课，只有她一个人和教练在田径场上，感觉自己特别渺小、特别孤单，不知道有没有回报，却努力着。那也是她第一次觉得连体育也是一件那么痛苦的事情。不像原来是喜欢才练，而现在是有一个很高的目标在那里，而且还不一定是你想要的，但就是被逼着要去做。

或许体校是当时最好的选择，但是她却不适合这里的环境。学校大多是专业队出身，“体育”对于他们是职业，要靠这个吃饭的。有着特别明显的阶级划分，成绩和你的地位、待遇联系得很紧密。成绩不一样，伙食都不一样，难免大家“钩心斗角”的。“而我这样一个普通高中上来的很傻很天真的小女孩，就这样很开心地步入了这个复杂的校园。”在宿舍里，四个女生是一班的，婷婷和另一个女生李莉是二班的，所以四个人就总是合伙针对两个人。婷婷不爱计较，别人欺负也就忍着，但李莉是个强硬的女生。她们还会把李莉的笔记本藏起来，合伙孤立她……有一次婷婷实在受不了了就回家找爸妈哭诉，爸妈还以为她被欺负了，她却说，“不是我，是宿舍的李莉。她们怎么能这样欺负人家，太过分了……”其实现在想起来都是一些鸡毛蒜皮的小事，却也让那时的婷婷成熟了不少。

婷婷的大学生活很充实，加入了学生会，拿了国家奖学金，做了许多兼职。但是回忆起来，她说，“那是我人生中学习最认真的四年，当时觉得只要自己努力什么都有可能，但是后来才发现，很多努力都是白费的。不是所有付出都有回报，很多东西不是个人的努力可以改变的。现实的黑暗的东西一次又一次地将你打败，曾经在那个迷茫无措的阶段徘徊过，但是后来想开了。有用没用，对得起自己就好了。”她在学生会做部长时很受大家的认同，却竞选学生会会长失败，而另一个和团委老师关系密切的学生却成功成为会长，得到保研的资格。这让她心里很不舒服，觉得学生会黑暗、没意思，选择了退出。“当时那个师兄竞选失败后还和我们说，不要因为他的经历影响了我们的判断。但是大家都对学校失望了，不想再在这个组织里了。其实他后来在学院也拿到了保研资格，因为他确实很优秀。”这是一个分水岭，之后她就很少像之前那么积极地参与学校活动了，开始每周末去做兼职，开始接触社会。

大三，婷婷成功得到第一批实习的机会，到农大教体育课，“当时上大二、大二的课，他们都叫我‘小老师’，自己还在网上查各种教学视频，就这样教了一学期，也觉得很开心。”

北京之路

2004 年 3 月，她第一次到北京参加某体育大学的单独招生考试时，觉得眼前的建筑是灰蒙蒙的，天是灰蒙蒙的，还有沙尘暴。“天哪，对于我们这样生活在南方山清水秀的地方的人，就觉得这个城市太糟糕了！我不喜欢！”然后那会儿就觉得像是赶鸭子上架，既然走了“体育”这条路，为了上更好的学校，只能这样考试了。

“其实自己考虑去北京上大学，很大一个原因是父母从初中开始就在北京做生意。也正因为这样对北京打从心底里厌恶，总觉得它剥夺了我的父爱，把我父亲绑在北京了。”

大学的时候在一个培训中心做“班主任”，负责管理学生。“那是一个冬天晚上，我和另一个小姑娘负责的班级拖堂了，最后只有我们俩留下来收拾关门，然后就有一个家长不满学校过来闹。可是管事的都走了，我们给校领导打电话，她却让我们自己解决，也没有人过来帮我们。那个家长就开始骂人，挡都挡不住。一个多小时后终于接到领导的电话，她可能是看我们真的解决不了了，就在电话里和家长达成一些协议，于是家长骂骂咧咧地走了。我们两人很沉默地收拾了东西、锁好门，说了再见就各自回家了。回家的路上，我记得特别清楚，那是我第一次那么讨厌北京这个城市。那是在“公主坟”的公交车站，我就站在马路边等车，灯光透过灰蒙蒙的空气照在我身上，心里特别委屈，还有可能是大三面临毕业和就业的问题，心里想：难道我以后就要在这个城市生活了吗？路边一辆辆车开过去，都和我没有关系；路边一个个人走过去，一张张冷漠的面孔，都和我没有关系。那么多人走过去，却没有一个人问我。觉得这个城市太冷漠、太变态、太讨厌了！越哭心里越觉得难受，足足哭了半个多小时。

大三开始准备考研究生，可是那么多年没有学英语，使得英语成为婷婷绝对的薄弱项。她开始每天早起背单词、学政治……最后，她政治考得不错，可英语却差了十多分。当时她觉得自己真的是很努力了，结果却不理想，干脆就放弃了。

毕业后，她决定坚持自己从小的梦想——当一名老师。于是又一次义无反顾地报了福建的一所学校，可是没想到政策又一次将她打败。当她输入自己的学校、填完表格提交的时候，显示“你的条件不符合”。原因是福建省教育体制对外省应聘者的要求是

"师范类学校毕业生"。"天哪，当时我就觉得自己被故乡抛弃了。然后还不死心，托在福建的朋友问自己这样的情况能不能去，自己还有教师资格证。但是答复都是'不能'，只能去私立学校。可是我绝对不会选择私立学校，那和我的理想太不符合了，感觉就是去混日子，我不想这样。于是，我就没有其他选择了。要是不能回家乡工作，我也不太可能考虑其他地方了，只能留在北京了。"

成家之路

高二的时候，同班的男生刘畅被婷婷开朗的性格吸引，开始追求婷婷。在高三繁忙的学习生活中，他们总是一起自习、一起去食堂吃饭，虽然没有明确关系，但在大家眼里他们已经是男女朋友了。这是婷婷的初恋，也是她现在的丈夫。

当婷婷拿到北体单独招生的录取通知书时，她犹豫了，想要通过体育特长生高考留在家乡福建省，于是开始准备高考。"那是我回想起来觉得很对不起他的一件事，高考理综的时候，我们约定他帮助我，他提前20分钟交卷，然后记下答案，我把手机放在包里，震动一下是A，两下是B……可是事实证明，我们的作弊手法是不可行的，因为有震动五下的。我一想，这样多影响他呀，时间那么紧，他还要为了我提前交卷、记答案，还要注意老师是不是发现了，那成绩肯定是有影响的呀。然后报志愿，我说这个决定你和家人必须商量后作出，千万不要受我的影响。可是很多年后听他和哥哥、父母聊天时，我才知道，当时他是毅然决然非北京高校不报。当时他是以前十名考到我们那儿最好的高中的，可是后来成绩下降了。那可绝对不是我的原因，而是因为他爱玩游戏，半夜还和宿舍的同学一起翻墙出去网吧玩儿，我还劝他呢。当时老师、班主任都觉得是我影响了他，我觉得可委屈了。还好后来有点用了，我跟他说反正我已经考上北京了，你要是不努力，咱们就算了哈……其实最后他考得也不错，一本差一点儿，就是报志愿没有认真报，感觉是个北京的就行。后来我提前来北京找爸爸妈妈，就先去他的学校看了一眼。就是因为看了他们学校，顿生后悔之意，觉得特别对不起他，当时就立刻给他打电话说你别来上了，再考一次吧，我等你……其实他的专业还不错，就是学校太偏了，都到郊区了，我从学校过去得两个多小时。当时还没有百度地图，我就拿着地图，转了n趟地铁，公交还走了高速路，越开我心里越凉，都快到河北了。更别提看到大门，进去一走，感觉太失望了，都比不上我们高中。可是他不听，还是决定来上这个破学校。”直到很多年以后，刘畅才对婷婷说出当时自己到那个“破学校”的失落和感伤。

大一的时候，刘畅的心里对处于郊区、学习气氛不够浓郁的学校很不满，他的世界里好像只有婷婷。然而，婷婷丰富多彩的大学生活将刘畅挡在自己的世界之外。“他就是不想在学校待着，就想来找我。但是我当时就是每天忙忙忙，也不知道忙什么，对一切都感到很新奇。然后我真的是顾不上他了，他情绪就越来越低沉，越来越失落。现在想起来觉得当时自己太不懂事了，太不知道珍惜了。他一星期都要来两三趟，每次都是早上来、晚上回去，就这么来回来回地跑还总是翘课。最关键的是，他有什么不开心的都不会说，都闷在心里，感觉就是对你没有什么要求，其实要求都在心里。我们直到分手，从来没有红过脸吵过架，连冷战都没有过。最烦他这一点了，就是心里苦死都不会说，想了几百遍了也不告诉我。被我影响了11年了，才是现在这个样子，稍微外放一点了。”

爱情真是奇怪，他总不会是你理想中喜欢的那个类型，可是现实又告诉你，你对他的爱真真切切地存在，你对他放不下也舍不得。婷婷说：“我喜欢和我一样性格外向的男生，稍稍大男子主义一点儿，对事情比较强势的。当时大一的时候，我遇到这样一个男生，而那个学长有女朋友。但是当时我不知道怎么了，就是觉得既然心里有了另一个人，就不能再和刘畅在一起了，那样不就是脚踏两条船了吗？然后我就说要和他分手。我姐当时就说我神经病，又不去追那个学长，还非要和刘畅分手。想想当时肯定伤了他的心，后来听他室友说，他那一个星期过得可痛苦了。一个星期以后，他问我，你和那个男生在一起了吗，我说没有。他也很诧异，都不知道说什么了。但是我说我觉得我情感上已经背叛他了，就不能在一起了。之后，他就以朋友的身份来看我，一起吃个饭。”

后来导致他们分分合合的一个巨大因素，是婷婷对刘畅的依恋深沉。那是大一下学期快期末的时候，婷婷的爷爷去世了。“我从小和爷爷一起长大，其实爷爷一直病着，但都不是什么致命的病。当时是考试周，已经考了一半的科目了，我爸打电话问什么时候考完可以早点回去。我当时很敏感，就问是不是爷爷怎么了。但是爸爸怕影响我考试，还想瞒着我，说没事没事。然后我突然心一酸，开始哭着说‘你别骗我’，然后我爸口风就转了，就说，就算爷爷有事，爷爷这么大了，你也别太伤心。当时我就崩溃了，心里就觉得爷爷可能不在了，根本考不了试了。一晚上没有睡觉，第二天一早就去请假。但是院里说考完了要军训，一请假就是十几天的假，学院就是不批。我当时就找辅导员哭了一通，辅导员帮我找到院领导，我又在办公室哭起来。院领导实在没办法，说让我办缓考，然后打电话给我家长。但是我爸不知道是当着我的面，一说处理什么事、出殡什么的，我就听到了。本来还想瞒我，让辅导员不要告诉我，等回家有家人在一起会好一点，可是也瞒不住了。我当时就哭得不行了，哭着买了机票，一路哭着回去了。”就是这么一个沉重的伤痛，让婷婷真正领悟到要珍惜她爱的人和爱她的人，让她反省到自己对刘畅的爱的回应和珍惜根本抵不上他对自己的。也许就是从这个时候开始，婷婷从心里接受了他，渐渐把他当成了亲人，渐渐开始依赖他。也许正是这一心理上的变化，让婷婷难以接受后来发生的事。

大二选择离开学生会，情况便反了过来，婷婷开始喜欢黏着刘畅，总是跑到学校去找他。而刘畅在经历婷婷前一段时间的冷漠对待之后，迷上了网络游戏，仿佛是交了“电脑”这一新女友。“那时候有件让我特别生气的事儿，我就为了两个人相处的时间可以多一点，一大早 6 点就起来跑过去找他。到了他们学校才 8 点多，他还没起床，我在宿舍下面站着给他打了一个多小时的电话，估计电话都打爆了。他就是通宵打游戏，睡着了，手机还开了震动。他最后听到了，立刻就冲下来。我当时感觉气血上涌，没有办法思考，转身就走了。”

临近毕业了，婷婷坚持不左右刘畅的重大决定，即使两个人再爱彼此，也要独立地做自己人生的重大决定，不然将来会抱怨会后悔。大三，婷婷忙着实习，考证，忙得顾不上刘畅。或许是几个星期见一次面，或许是马拉松式的爱情总有激情退去的一天，刘畅生命中的另一个“她”出现了。这也就导致他们没有机会一起认真思考两个人一起走下去的未来，没有机会现实地规划两个人的未来。反而是父亲认真严肃地找她谈话了。“不是说一定要让你找什么样条件的人，只是作为家长，我们要让你明白，这样选择会面对什么样的生活。我们尊重你的选择。”婷婷却说，“我早就知道呀，我一直都知道呀。这是我自己的选择，我不会后悔。”婷婷的执着和坚持使得后来他们却因为第三者而分手的事实狠狠地刺伤了她，她甚至没有和父母说分手的事。“不过父母应该知道，因为我本来是个很开朗很好动的人，但是整天把自己关在房间里，就是躺在床上不知道干什么，想起来了眼泪就止不住地流。吃饭的时候也看到父母窃窃私语的，商量着要不要和我谈谈，开导一下我。”

大概过了半年，一次高中同学聚会，婷婷和刘畅又见面了。当时刘畅没有和另一个女孩在一起了，而婷婷发现自己心里根本放不下他，就这样复合了。直到过年，父母急了：“你们俩到底什么情况呀，分分合合的，能不能给家里一个交代呀？”就要求双方家长见个面。“我当时就问他，要是我们确定了就这么走下去，就让家长都见个面放心。要是你还不能确定，我们就没必要见面，我就回去推了。你考虑好。我是经过了深刻的思考觉得我愿意和他走下去。他也答应了，就回去见爸妈。那次我爸妈把我支开，就单独和他聊了两个多小时。虽然他没告诉我聊了什么，但是看他聊完出来脸色也不太好，我大概能猜出来。父母不外乎就是聊聊以前的事、以后的事，还有能不能给我幸福的事呗，就是说说现实的事。但是那次之后，父亲就对他印象挺好，但是母亲心里还是有疙瘩，感觉总有过那么一段类似于背叛的经历。而我心里却从未那么踏实，因为当天晚上，酒后吐真言的他给了我承诺，让我觉得他突然间成熟了很多。有责任感的男人总是更吸引人的。”

“开心的事可以记一辈子，伤心的事会忘。”婷婷回忆了很久，仿佛那段记忆被她深深地埋在了心里，选择性地失忆了。“我又一次深深地信任、依赖上他，可是他又一次深深地伤了我。”

“因为我在学校上班，开学比较晚，他就先回去上班了。我回去那天，他还来车站接我。当天我和另一个同事有约，就让他先回去了。晚上没事，我又去找他玩儿。他对我的出现很诧异，仿佛是掩饰紧张。他去倒饮料，我无意中坐在电脑桌前，看到弹出来的对话。那是他和他室友的对话，我就扫了一眼，看到一句话。不过就一句话就够了，就足以把我推下山崖——“我今天早上去接婷婷，可是我昨晚在王铃家。你说我该怎么办?”天哪，当时我心都碎了，感觉天都塌下来了。我根本不听他的解释就走了。后来电话里他和我说，那个女孩家里是做通信的，就是帮他找了现在这份工作，回家给她们带了一些特产送过去了。可是我就完全没办法理解为什么非得在人家家里过夜，再晚出来打车难道不行吗？后来的种种，我才知道自己真是傻，还相信他说那天她们一家人都在，什么事都没发生。不过最痛苦的是那时我好不容易给自己做了很多思想工作，让自己再次接受他，好不容易认定了他，感觉很幸福。不幸的来临让我瞬间就崩溃了，吃不下饭，睡不着觉，一下子体重就掉到100斤以内了。同事看到我有175厘米的个儿，才90多斤，都以为我营养不良了。但是我就陷入了一个泥潭，根本爬不起来，我对他那么多年的信任和认识就在一瞬间粉碎了。我根本没有想到他会对我做出这样的事。简直像个神经病一样，一边不相信、告诉自己这不是事实，又一边骂自己傻，这么多年看错了人。甚至不想去和任何朋友相处，不想判断谁是真心对我好。当时我弟弟看到我这样，还说要去揍他，可是我拦住了。

那是婷婷第一次逃离这个城市，把心里对北京、对在北京这些日子的记忆放在别处。她订了机票去西安，一个人在那边过了情人节。现在想起来，她好庆幸自己没有想不开而把轻生的念头付诸实际。当时回到北京，她给刘畅打电话，想听听他的解释，想听到他对自己的抱歉和爱意。然而，回报她的勇气的，是他和另一个女孩一起过的情人节，是他不愿按下的接听键，是他选择另一个女孩的短信。婷婷的头发开始不停地掉，人也越来越瘦，一晚上一晚上睡不着觉，最严重的是，营养摄入不够，内分泌系统开始紊乱，人的免疫系统开始反抗，无论吃什么都过敏。除了青菜白粥，一吃东西就全身起包，就像荨麻疹一样可怕。“当时还住在学校，不是学校放大假我都不敢回家，怕父母看到我这个样子。轻生的时候，就想想父母，不能让辛辛苦苦养育自己的父母伤心一辈子。”

虽然身体渐渐地恢复着，但是心里的创伤还是“解铃还须系铃人”。“父亲想着法儿地给我相亲，给我介绍男性朋友。可是一直不能成功，我甚至不愿意出门见面，不愿意接触别人。最终，父亲看不下去了，找来婷婷的姐姐，和婷婷谈心，给她分析：为什么接受不了别人？在该结婚该嫁的时候这么排斥男生，是不是根本放不下心里的那个人？是不是这辈子就是他了？是不是真的不能原谅和理解他？其实一想，这种事情很普遍，曾经我也喜欢过别人，而且当时是我的冷漠和忙碌把刘畅推开了，自己之前不知道伤了多少次他的心。有因才有果，所以，这个事件责任不全在他，事情也不是偶然。但是，谁没有犯过错呢？只要自己认识到错误，以后不再犯就好了。”就这样平淡地过了半年，婷婷生日的时候，几个朋友一起吃饭，刘畅也来了，两人开始偶尔联系。“走在原来那条我们经常一起走的路上，心里很温暖。”刘畅的关心和回忆，让婷婷发现刘畅和那个女孩渐渐没有了联系。他也成熟了不少，换了工作，开始思考自己的未来。或许是命运，两个人很自然地走到了一起。认真考虑了三个月，双方决定结婚。

可是现实的问题来了。婷婷有些倔强，不想要父母帮忙买房，打算自己租房。可是后来发现自己的想法很幼稚，那是因为没有被生活折磨过，租房是不会有“家”的感觉的。于是，她接受了父母的帮助，有了自己的“家”。

婷婷觉得自己婚前婚后没有变化的心态才是最好的过渡。虽然两人常常因为谁做家务而小吵小闹，婷婷总觉得自己做饭不公平，“同样是上了一天班回到家里，凭什么他就坐在沙发上看电视等着吃饭，我还要一下班就冲到菜市场，忙着买菜做饭。”后来定下协议，因为婷婷下班比较早，工作日就由妻子做，周末的饭就由丈夫做，周末两个人一起在家里大扫除。

而孩子出生以后，婷婷开始对老公要求很高，觉得有了孩子，父亲就不应该这么爱玩游戏，不帮忙带孩子。“他下班回家，总是把孩子当成一个小玩具，过来逗一逗，逗哭了就立马扔给我或者孩子他奶奶，就又到屋里玩儿游戏去了。……之后我在育儿书上看到，独生子女家庭或者家里辈分最小的男孩成为父亲之后，进入这个角色需要较长一段时间的过渡，起码要等孩子两岁，可以和父亲交流互动的时候，他才会很好地进入角色。我心里才放心了一些。”而在与孩子的奶奶相处时，发现“婆婆就是婆婆，永远不能把婆婆当作妈妈”，自己和婆婆之间的问题千万不能通过丈夫来表达，要真诚对待就会有好的结果。

“现在回家会觉得很不方便，可是觉得在北京只要你想，只要你有钱，没有什么是不可以的。当时结婚后确实考虑过回家乡，但是北京户口真的是一个难以放弃的东西。即使在北京可能会失去随本心的自由，但是得到的可能是更加明朗的未来。更重要的是，自己越来越融入和适应了北京的生活，觉得这样挺好。已经拥有了很多，就不能像刚毕业的时候那样一想就能去做，选择了新的未知的事物，可能会失去更多自己已经习以为常却对自己很重要的东西。只要是真心想要的，再苦再累也觉得值得。只有爱一个人才能和他在一起，包容他。或许经历了这些波折，我们之前感情的不同步耽误了很久，却也让我们一起走了那么多年。最重要的是，我们都是对感情很认真的人，这也是原谅对方的基础。”

或许很多年以后，退休了，我们会回到气候湿润的家乡，或许我们会为了医疗条件留在北京。一切，都随心而行，一路继续。

爱你已十年

李钦坤

「

即使是长期的异地，从大学时期便在英国游学活动中认识的吴坚和夏月两个年轻人也经受住了对彼此感情的考验，顺利在北京这座城市安身立命。婚姻不仅是感情上的满足，也是物质上的联系。两人在相互信任的基础之上不断经营自己的爱巢，细水长流的感情也更耐得住岁月的敲打。

」

《圣经》上写，夏娃是上帝取了一根肋骨变出来的，想来《圣经》这样能统治人们思想千百年的东西，必定是有道理的。要不相干的两人因为爱情走到一起，相爱、相伴、结合，又面对着彼此走过余下的一生……这样看来，身边的爱人的确是长进了彼此的骨血，或者终有一天会长进彼此的骨血。

三十而立的年纪上，夏月和吴坚在北京成家、稳定下来。七年的爱情三年的“皮革婚”，婚姻开始有了韧劲，七年之痒如同夏月手臂上一阵风起也会挠一挠的荨麻疹，但爱人和爱情也像夏月的手臂一般生进了血肉。

相爱相知，十年异地

夏月和吴坚是大学校友，吴坚是夏月的师兄，但本科四年，两人并没有谈一场校园爱情，相遇后便是长长的四年异地的爱情。2015 年周杰伦大婚，所有人都在感慨周杰伦没有和侯佩岑、蔡依林走下去，却选择了昆凌。时机早晚，命运的安排，想必是把一切必然都深藏于偶然之中，而这些偶然，也串联起我们长长短短的人生。

2006 年，吴坚和夏月在英国的伯明翰一起参加学校组织的游学活动，两人相遇了。夏月正在人生最好的年纪，肤白貌美，一颦一笑都是风景。吴坚对夏月动了情。2007 年，吴坚对夏月正式表白。那一年夏月去了香港，夏月明白异地的两人会有多么辛苦，也明白美丽的青春容不得浪费，不能因为不在一个地方而扼杀这一段感情。夏月没有急着答应，却换了一张一个月能打 1200 分钟的电话卡，每天煲长长的“电话粥”。而吴坚也会讲很多自己的生活，实习、找工作这些情况都会及时沟通。异地恋需要特别维持，如果双方都很冷淡，那么感情很快便会夭折。两人总是制造机会见面，就算见不到也在一起做计划。这样生活还是有美好的预期，有希望。相爱相知，少了一般情侣的花前月下，更多的则是蚀骨的思念和疯狂滋长的孤独。其实，若不是认定了彼此是对的人，谁愿意忍受相思之苦。

再次见面已是2008年11月了。香港的11月天气美好得一如23岁的夏月。天空是干净的亮蓝色。阳光穿过风吹起一阵扑簌扑簌的鲜绿色的树叶，投下明明灭灭的光斑，大红的巴士在人潮中明丽而欢快地按着喇叭。吴坚从机场出来，那个年头实在稀罕的iPhone1在香港却完全没有信号，急坏了两人。吴坚找到靠边的一家小店给夏月打电话，正描述着自己所在的位置时，一抬头看见了街那边接着电话的夏月长发飘飘的背影，吴坚开心大叫："我看到你了！快回头！"时至今日，夏月依然清楚地记得，浅色衬衣背着大书包的大男生，在一片明媚的阳光下闪闪发光，连同这天的空气里弥漫的浪漫，一起封存在夏月的眼里心里。夏月冲吴坚笑出八颗牙齿，酒窝都在说着心里默默念的那句："果然没爱错，就是你了。"

异地恋情侣最难挨的有两件事。第一，是一次次离别。每一次精心准备，期待许久的短暂相聚后便是分离。夏月送吴坚回去，闭上眼便是一行行不舍的眼泪，耳边一遍遍响起陈奕迅那首歌："闭起双眼你最挂念谁，感激车站里尚有月台，能让我们满足到落泪……"见面时多少的美好甜蜜，分别时就有同样分量的苦痛折磨，不管是要走的那个人还是留在这座城市的那个人，心里都很难受。强烈的感情波动线一样拴着两人，从此对于爱情最深刻的感受，是再也不想忍受分离。第二，则是孤身一人时无可遏制的失望。有高兴的事，却不能第一时间看到他为自己感到开心的模样。每次在超市孤零零地选购食品的时候，夏月都会想，吴坚会喜欢吃什么菜？喜欢哪个牌子的啤酒？哪个口味的薯片？悲伤地感觉一起逛超市都是种奢望。拎着又沉又大件的东西走在路上的时候，寝室里独自失眠的时候，一个人吃饭的时候，胃痛或感冒的时候，或者是憋了一整天想走走却没人陪伴的时候，夏月都觉得特别孤独，可是还得自己逛超市，自己买东西拎回去。自己吃每一顿饭，自己在疼痛中翻来覆去，自己去打针挂吊瓶。夏月性子急，会冲着相隔千万里的吴坚发脾气；总想如果吴坚可以在身边，什么都解决了。每天讲电话的时候，便是最开心的时候。觉得要是有吴坚在身边，世界都不同了，每一顿饭都更好吃，每一条路都更短更温暖。

吴坚找工作时，曾有半年时间常在北京与天津间往返，旅途劳顿。夏月问吴坚："你这么辛苦，总是一个人跑来跑去，身边没有人陪你，觉着寂寞吗?"吴坚说："当然不会啊！因为我知道，不管我在哪，你总会给我打电话的，我就会觉着你总和我在一起的。"异地恋艰难，互相给对方信心和温暖便成了最重要的事。每次分别后，夏月就会仔细计划下一次见面的时间和行程。能见面，就是最值得珍惜的幸福了。

异地恋要刻意维系，彼此都处在精力旺盛、感情充沛的年纪，夏月和吴坚都尽量减少和身边异性的接触。夏月说老公有一句话很经典："动心与否不能控制，但接触多少可以控制。"这也是一种责任感和承诺。而正因为长期异地，所以才更加珍惜在一起的时间，如果两个人天天见面，便不会有那种生离死别、惊心动魄的感情。因为长期见不到面，所以见面前会把一切先计划好，把学习工作打点好来创造机会，见面时便是很愉快的吃喝玩乐。每次接到又送走都有很强烈的感情波动，如果两个人一直很平淡也没什么意思，一些曲折和心跳会不由自主地让两个人的感情加深一些，让双方对彼此有更深刻的感情体验。异地恋不需要刻意制造这样的曲折，两人见面时的狂喜，在一起时的开心，快分别时的担心、不舍，送走后的巨大失落，再慢慢调整回正常生活，已经提供了一个自然而有节奏的心情波动曲线。

北京买房，认定彼此

当时夏月有一个关系特别好的舍友，舍友和她男友也是爱情长跑多年，她男友工作早一些，就在北京买了房子。舍友和男友房子的钱除去贷款部分绝大多数是男方出的，舍友也给了一点钱，但舍友家里没有出钱。夏月便问舍友房产证上会不会写舍友的名字，舍友说当然不会有的。虽然夏月知道舍友本身是对物质比较淡薄的人，但心里觉得，如果两个人笃定是要结婚的，那么在房产证上加上女方的名字是对女方的一种尊重。即使将来分手了，夏月相信两个人都不会来争这套房子。打电话时，夏月便问吴坚，如果有一天吴坚买房子，愿不愿意写上自己的名字。没想到的是，吴坚万分肯定地说："一定要写你的名字啊！你是要做我老婆的人啊！"夏月很受感动，也有了信心觉着两个人已经有了一定的信任，物质也是一种证明方式。物质不能带来一切，但至少，男人给女人物质上的保证，便是一种承诺与负责任的态度。之后夏月便在给家里打电话时将这件事说给父亲听，夏爸爸便说："那既然要把两个人的名字一起写在房产证上，那为什么不现在就把房子买了呢？这样也可以把你和吴坚两个人拴在一起。"

其实在2009年年初时，两人便见过了双方的父母。家庭背景相似说得上是门当户对。教育经历、年龄也相仿，适婚年龄，男才女貌，是很般配的一对。而夏月父母当时都非常喜欢吴坚，觉着吴坚人品可靠，性格也好。夏月的父母是普通的教师，从来也没有太大的野心想让夏月嫁个有钱的女婿从而高枕无忧地过半辈子阔太太的生活，只觉着认定了吴坚和夏月平平淡淡过一辈子就很好，所以想极力促成吴坚和夏月的姻缘。

吴坚和夏月在北京买了房。

衣食住行，本就是人安身立命之本。房子更是一个生活必需品，是两个人共同生活的一个基础。两人在父母的帮助下买了房子，也算在北京有了家。定居在北京，无疑是人生中极其重要的决定。是两人对自己未来发展的选择，而一起买房，也是两人对彼此今生今世携手同行的承诺。一人一半的房子将两人以经济共同体的形式紧密相连，这倒也是除婚姻外又一“在平等关系上建立的契约关系”了。后来，已经在北京成家并安定下来的夏月问吴坚，如果我想要在香港发展，你会陪着我吗？吴坚再一次毫不迟疑地给了夏月答案：“如果你拿定主意要离开北京，我们就把房子卖了。你去哪，我去哪。”夏月听了反而定下心来留在北京，难道在哪个城市真的那么重要吗？有自己喜欢的事业，有相爱相伴的人，此心安处即是家啊。

风波喜悦，携手同行

这一年发生了一个插曲，虽然到如今已是云淡风轻，甚至还拉近了两人关系，算是因祸得福。但那时在夏月看来，是足以改变人生的大事。起因是夏月没和学校打招呼便回家住了一小段时间，本打算过几天便去北京看望吴坚，没想到这天晚上，吴坚打电话给夏月："我和你说件事，你先别急啊。"夏月心里一紧。"我查了你的邮箱，学校通知你，你的导师换了。"博士研究生换导师是影响很大的事，影响深远乃至波及前途。而学校通知夏月这件事无疑像自己被离婚了却不自知，而是父母长辈来告知自己。夏月只觉着当头挨一闷棍，无奈又不知所措。"我已经给你订好最早回香港的飞机了。"吴坚说。在接下来的电话中，听着吴坚理智而冷静又温柔而熟悉的声音，夏月的心情慢慢平复下来。夏月知道，吴坚是可以被相信、被依靠的，听取吴坚的意见，相互交换想法，也成了从此后夏月每次遇到困难的选择。每一个夏月的低谷期，吴坚都会用自己的肩膀支持夏月，用自己的意见开导夏月。

有一次，吴坚来香港看望夏月。两人把手提包扔在旁边的座位上后，便双双在城际大巴上睡着了，结果夏月的钱包和吴坚的笔记本电脑都被偷了。醒来后两人心疼得要命，但明白肯定是找不到了，便苦中作乐地讲起彼此从前遇到的或听过的被偷经历，竟笑了一路。当时的两人都是穷学生，并没有什么积蓄，也不敢告诉父母，便你一半我一半地买了新的笔记本电脑，彼此一起度过了囊中羞涩的落魄时光，反而觉着信任和依赖又多了不少。琐碎的生活可能把人们的浪漫幻想消磨殆尽，但爱情的伟大之处在于双方在平淡的生活里相互依靠，相互适应，相互扶持，而最美不过是真心。

爱情也并不是一帆风顺，偶然痒了，他们也会挠上一挠。买房后，两人的房产证需要夏月的签名，而房子也需要到公证处公证。这时恰逢夏月博士论文开题的忙碌时刻，希望留给自己充足的时间写提案。下了课，夏月回寝室打电话给吴坚："为什么你不能自己搞定？我现在很忙！不要来烦我！"发了一大通脾气。好在吴坚是个脾气极好的男人，所以总是在安抚夏月烦躁的情绪，倒是也并没有吵起来架。事后夏月心里有愧，想着好脾气的吴坚，倒觉着是自己欺负他了。毕竟公证和签字必须她亲自到场。而吴坚已帮她做了很多。也许无论爱情、婚姻，都是密集的博弈，两个人彼此都在希望改变对方，同时又不可遏制地潜移默化地为对方所改变。而这个彼此适应相互妥协的过程，也就是爱情与婚姻不断升华的过程。

长长又短短的四年恋爱就在不断的相聚与离别和无数的电话粥里过去。彼此都认定对方是这一生的伴侣，结婚便是水到渠成的事了。夏月博士毕业时去英国开会，吴坚也向单位请了婚假，他们一起在英国旅行了12天。旅行确实让两个人更了解对方，让两个情投意合、个性互补的人关系更加亲密，也可以让两个合不来的人从此分道扬镳。在英国相识的两人也算是故地重游，陌生国度里的相依为命、相互依靠的感觉令人总是最难以忘怀的。吴坚提前从网上订好了车票，一路从英国西南角的海滨城市康沃向北，途经诺丁堡和当年相遇的伯明翰、伦敦，一直到达约克，捡拾起过去的记忆，又创建了新的记忆。这段蜜月旅行一样的行程轻松而愉快。行走在每一个城市的大街小巷，拍照，享受美食和咖啡，专心恋爱。这是不曾长期在一起相守的两人奢侈的甜蜜时光。毕竟旅行是检验情侣感情与性格的绝佳试纸，他们更加坚定了在一起走下去的信心。

从英国回来后一个月，2012年，他们在北京成家了。还没能生活在一起的两人的婚礼显得有些仓促，但夏月和吴坚分别找到了在北京可以安身立命的工作。想到婚后终于可以一起生活，再不会孤单一人，夏月和吴坚都很兴奋。

婚后第一年，吴坚被单位派去美国一年。长期异地的两人虽然舍不得彼此，但也不愿放弃这样难得的工作机会，在北京任教的夏月则在寒假暑假陪伴吴坚在美国生活。新环境给了两人很大的惊喜与对未来生活的期待。

吴坚总是很忙，经常加班，但有着很大的升职空间与可能性。而夏月也在不断写论文、发论文，向副教授的职称努力。夏月正在培养吴坚干家务的习惯，而吴坚则接受了每天洗碗的任务。吴坚依然会在很忙或已经入睡的时候去接刚和同事聚会结束的夏月，而夏月也会做好晚饭等待加班晚归的吴坚。

在夏月看来，中国这么大，不同的地域、不同城市提供了不同的可能性、不同的生活方式和生活理念，但不同的路径最终却可以殊途同归。比如选择不同的大学、职业、生活的城市，这是生活的不确定性和可能性，但每个人先天的禀赋、社会地位，甚至外表与运气却是一定的。这决定了每个人最终达到的高度和社会地位，拥有的财富和自由度。夏月看待婚姻的角度是理性的，她认为自己的婚姻是建立在爱情之上，是两个价值观与物质条件相似的人的密集博弈。财富只是婚姻美满与否的一个维度，夫妻能不能谈得来，是否一心一意也是很重要的判断标准。婚姻中爱情是基础，进入婚姻后的生活是琐碎的，两个人结婚其实是两个家庭在结婚，不只要接受爱人，还要接受爱人身后的父母亲人。如果两个人没有深深相爱过，那么很快便会感到厌烦。因为在非常亲密无间的共同生活中，对方所有的缺点都将暴露无遗。而门当户对这些外在因素也是重要的，两个人的价值观、人生观甚至消费观都要一致。彼此都必须为对方做很多事情，如果没有相互体谅、相互吸引，婚姻便会千疮百孔甚至灰飞烟灭。

生活的滋味，平淡如水

李钦坤

「

两个土生土长的北京人阿梅和大东，戏剧性地认识之后开始交往、恋爱并成家。十余年婚姻过去了，平淡的井水生活之中，也有各家灯火的趣味可言。

」

那些对这大世界有着影响的人们，大概如同三毛那样流浪人间，戏梦此生；又或是像切·格瓦拉那般抛家弃子，为解放全人类的伟大事业奋不顾身义无反顾。而我们，这些平凡得不能再平凡的芸芸众生，过着自己普通得不能再普通的小生活，看似与这大世界无关，与社会发展无关，甚至与别人无关，但实际上，社会变迁却潜移默化又深远持久地影响着我们的生活，而我们也因承担着在家庭和社会中的责任而成为推动社会发展的一分子……我们渺小却又伟大。我们在最琐碎的日常中体味温暖，追求幸福。

年少时我们无一例外地向往着远方，追求自由与爱情，时光流水而逝，我们发现有自己爱的人就没法自由。责任如一张温柔的网束缚住我们的手脚，我们失去了行动上的自由，却在心底感受被爱拥抱的力量与满足。所谓生活的滋味，不一定是参加晚礼服舞会万众瞩目的一刻，也不一定是登泰山而小天下时的感慨，而是我们乏味似水的时时刻刻。

土生土长的北京人与北漂一族肯定是有很大差别的。他们自幼生长在这座城市，对北京无疑有着更深厚的感情和归属感。每年，数以百万计的外地人涌入北京，削尖脑袋想在这座城市扎根。而北京人无疑享受了更多资源：人脉，房子，最重要的是身份。但北京人和北漂又好像都一样，其实穷尽每个普通人的一生，无非是为了安身立命养家糊口而摸爬滚打，盼望着衣食无忧、儿女顺利、父母健康、家庭和睦，穷则善身达则济世。

阿梅是胡同里长大的北京人。吃着酱肘子喝着张一元的香片，阿梅从为人女到为人妻再到为人母，今年过了四十岁的生日，真正是“人到中年”。

阿梅的故事要从“包分配”说起。自十一届三中全会后，中国大地开始了改革的时代，教育领域也不例外。1994 年，国家教委提出要以社会就业信息引导毕业生自主择业。2000 年，全国基本完成了高校毕业生就业制度改革。阿梅 1993 年从北京市商业学校毕业，赶上了“包分配”的最后一班车。和同学们一样，她被分配到大百货商场站在柜台前做销售人员。薪水不高，但作为家中小女儿，父母、哥哥都拿着工资，倒也并没有感到什么压力。工作两年后，阿梅换做库房工作，比柜台工作轻松不少。青玉是阿梅的发小，两人一个胡同从小玩到大。青玉初中毕业后没能考上学校，便开始摆摊卖衣服。青玉交了男朋友海子，介绍给阿梅认识。那是个理寸头臂膀上有刺青的社会青年，常常用摩托车帮青玉拉货，送青玉回家。一个夏天的晚上，阿梅陪着青玉和海子在大排档吃饭，正好撞见与海子结了梁子的混混，带着一帮“兄弟”。那个混混到海子面前挑衅，海子暴怒，便操起酒瓶打他。那一帮小混混见势一拥而上，青玉和阿梅吓得大叫。正无计可施的危急关头，两个年轻人把压着海子毒打的小混混打翻在地，一边亮出证件：“别打了！我们是警察！都回警局！”吓得目瞪口呆的阿梅和青玉也跟着两个警察回了警局。做完调查笔录后，那两个警察中年轻的那个看着迟迟没缓过神来、神情讷讷的阿梅笑了笑：“别害怕，我们做警察的这种事见多了。以后要保护好自己。”阿梅看着年轻警察温暖的笑容，心里有一股暖流流过，不由羞涩地低下了头。出警察局时，阿梅又看了看这位警察，想认识但又不好意思，便欲言又止地走了。

转眼到了 1997 年，阿梅已经 22 岁了，到了该恋爱的年纪，身边却没有合适的男孩子。阿梅的同学便将当警察的大东介绍给阿梅认识。那天是盛夏的午后，阳光明媚，阿梅穿了一袭白色的百褶裙在百货公司对面斑驳的树影下等大东，长发被夏风吹起。同学领着大东过来时，逐渐走近的身影让阿梅简直不敢相信自己的眼睛：是那天救了她和青玉的警察！大东也认出了她，又惊又喜：“是你！”同学被两人的兴奋与惊喜搞得丈二和尚摸不着头脑，只能哂笑：“看来这个媒我是做对了。”

两人很快确立了恋爱关系，周末看电影，逛北京大大小小的公园。两人后来常常讲起这一段奇遇，原来大东那天也因为害羞胆小而不敢要阿梅的联系方式，没想到命运依然将两人带到了一起。

相爱 20 年后，阿梅回忆起谈恋爱时第一个情人节的约会，眉眼里都是笑意。那是大东唯一一次送花给阿梅。1998 年的中国，刚刚兴起过西式情人节。大东约阿梅在北海公园见面。阿梅迟到了足足一小时，正满心抱歉，一进公园却看到大东举着玫瑰花站在路上，冻得直跺脚。北京灰蒙蒙的冬日，因为爱情这一抹红色而动人起来。恋爱的两年时光里，大东每天晚上会骑着一辆除了铃铛不响其他零件都响的老自行车穿越东西城区长长的街道来接阿梅下班。有了警察男友的守护，阿梅有满满的安全感。其实按今天的眼光看来，大东是个没有自己房子和车的穷警察。可是那每天自行车上度过的幸福时光和爱人的守护，却是无价的爱。

恋爱一年后两人便见过了双方父母，家庭条件相似的两人也算是郎才女貌，门当户对。双方家长也都满意，两人的婚事便定了下来。1999 年，阿梅和大东结婚了。婚礼后第二天，两人便随潮流到海南度蜜月。两人一起潜水的场景，也是相爱时浪漫的回忆。婚后的两人在大东家的平房里和大东的母亲一起生活。当时，北京房价尚未开始大幅上涨，阿梅和大东也没有买房意识，只觉着大东家有一间空屋可以居住便理所当然的住下了。这一住就是 16 年。

2000 年前后，国有百货商场开始没落，大型连锁超市兴起。阿梅也被劳务派遣到一家私营超市做录入工作。当时，不少阿梅的同事借此机会辞职，应聘到其他公司又或是下海经商，但阿梅喜欢安逸的生活，不愿折腾，便一直在这家超市工作。

婚后，阿梅与大东两人都胖了。饮食起居有婆婆照顾，日子过得安逸舒服，阿梅觉着二人世界很好，一直没想着要孩子。一直到了二十七八岁的年纪，父母开始着急了，催着阿梅和大东要个孩子。身边的朋友一个个做了妈妈，看着别人家可爱的小孩，想想老了之后没人照料的可悲，阿梅这才下定决心。终于，在 30 岁这年，有了一个女儿小宝。

阿梅聊起小宝时话总是特别多。中年得子，阿梅、大东对小宝非常疼爱。阿梅和大东的父母更是对小宝宠爱异常，含在嘴里怕化了，捧在手里怕碎了。作为上班族妈妈，阿梅每天必须早起，洗头，化妆，叫醒小宝后给小宝穿衣服，做早餐，送小宝上学，再急急忙忙地挤地铁去上班。阿梅把孩子照顾得太过周全，以至于 10 岁的小宝依然大大小小的事全部得她一手打理。周末还有英语、作文补习班和美术兴趣班要上。仅仅是课外辅导班，一年也有 5 万左右的费用，阿梅和大东的压力可想而知。

对于未来的生活，阿梅打算和大东就这么平平淡淡过下去。在她看来，稳定的生活有条不紊，家庭和睦，女儿能健康成长，便是她最大的期望了。

十年

赵锦兰　张博闻　孙嘉鹤

「

雯雯是一个优秀的女生，然而高考报志愿的失误让她的人生方向有了一些偏差。幸而在大学中遇到了一生的挚爱——林枫，在她毕业之后工作、考研和坚持梦想的路上都给了足够的支持。或许世间这般看起来平凡的爱情故事太多，但是爱情总在细微之处给一个人生活中强劲的力量，爱情从来都不平凡。

」

很感谢，一梦十年，一路同行，有你的地方就是家。

——题记

这次见到雯雯，是在一个明媚的午后，她穿着职业范又不失女人味的套装走向我，阳光在她周围氤氲出一片金色的阴影。我瞬间有些怔忪，想起儿时哄我睡觉的那个同样小小的她，和耳边奶声奶气的安眠曲。成长如此悄然而深刻，仿佛昨天的我们还在奶奶家门外的沙土小路玩笑打闹，今天就倏地各自成长成为现在的模样，讨论着北京的雾霾、生活的琐碎和未来的路。

她的婆婆刚刚过世一周。经历过人生最决绝的离别，那天的她明显憔悴了许多，谈及林枫近况，她语气十分心疼，眼中的明亮却一如过往。今年是他们在一起的第十个年头，从大学携手至今，他们就像两株藤蔓彼此缠绕、生长，以一个柔和却坚韧的姿态共同适应北京这个“他乡”，然后通过努力扎根，把“他乡”变成自己的第二故土。雯雯姐的生活像是一本书，而我就这样，在里面看到了大大的世界。

有女初长成

雯雯从小就是个美人，水汪汪的眼睛像是会说话，而且落落大方的她人前从不怯场，走到哪里都被大家喜欢。到现在姑姑单位的老人还会提起那年联欢会上，她自告奋勇地上去唱歌跳舞，扭着小屁股，一副可爱的样子。

成绩一直十分优秀的雯雯，高中也是念的我们县最好的学校。巧的是，我爸爸是她当时的班主任。那时的我刚刚懂事，总是听爸爸回家讲雯雯姐多么聪明一点就通，只是不够努力……而小小的我最开心的事情，就是借着被爸爸带到学校的时候偷偷跑去看雯雯。她会塞给我甜甜的糖果，很温柔地抱我，教我怎么把 abcd 写好看……还在看童话的我总会傻傻地想，雯雯这么漂亮这么善良，一定会被帅气王子接到很大的城堡，过着幸福快乐的日子。

2001年的夏天，雯雯是高考大军中的一员，在那个看上去一张纸定一生的年代，她交上了一份相对满意的答卷，却败给了估分政策——估低50分以为自己发挥不佳的雯雯放弃了心仪的复旦大学，保守考虑报考了中国农业大学，并因为姑姑在环保部门工作的缘故，选择了并不熟悉的水利相关专业。分数下来以后她哭了好几场，却也不能改变什么。收到录取通知书的那天，雯雯心中的复杂无人可诉，面对亲戚朋友真心实意的祝贺，她心中苦涩却还是要面带笑容。对于北京，雯雯姐大概并没有太多的期待，只是在略微遗憾的心境下，和姑姑姑父踏上来京的绿皮火车，在某个忧伤的时刻望着窗外缓缓后退的风景，道一句："再见，复旦梦。你好，北京。"

柳暗花明又一村

木心说，学校之自由，是撒手让学生沉者自沉、浮者自浮。大学于我们，无非是一个把微小的差距无限放大再放大的地方。

初到北京的雯雯经历了一段适应期，骤然变大的社交圈，生平第一次的集体生活和突然闲暇下来的时间，都让她有些不知所措，于是经常在课余时间和同学好友四处转转北京城。她渐渐发现北京这座历史古城在世纪初的新旧更迭是如此迷人，像是一杯意蕴深远的新制古茶，回味悠长。于是雯雯试过在早晚高峰拥挤在这个城市的地铁里，感受祖国的这个繁华而忙碌的首都里上班一族的庸庸碌碌；试过在假日下午斜斜的太阳下在充满老北京味儿的胡同中漫步，感受专属于首都老百姓那种优雅的懒散；试过穿梭在西单、国贸、中关村等这个大都会所拥有的宏伟建筑下，感受她应有的傲气；也试过和一群小伙伴穿越刘姥姥为之惊叹的大观园，去探寻黛玉葬花之地……她贪婪地尽可能把这座城市的各种姿态都收入脑海去填充自己大学四年的回忆。在这个过程中，雯雯很少有意识到，这个城市，她就是传说中的北京：很多从来只出现在书本上图片上新闻上网络上的人、事、地方，都会在这里变得不是那么遥不可及。想起自己随意穿梭过天安门、中关村、颐和园的日子……忽然有种很特别的感觉，这些本来只在屏幕面前出现，如传说或神话一般的事物的存在，居然就真真切切出现在面前。而在这之前她并不觉得其实我们一同处于同一个世界上。

想到这里雯雯忽然冒出了一个以前从来都没有过的念头：这就是故事发生的地方，无数那么多或励志或令人扼腕令人震撼的故事就真真切切地发生在这个被灯光和高楼包围着的城市；她以前一直想要毕业就离开的地方、以前所不解为什么那么多人宁愿选择离井别乡来到的地方，现在忽然就理解了——因为这真是什么都能发生的都市。这就是大城市大都会所拥有的魅力，这就是为什么北京吸引了那么多人来这里浮浮沉沉的原因。

热爱大概在这里萌芽。曾经的复旦梦再不是金光闪闪不可取代的存在，也逐渐从心底认可北京这座城。想着通过四年的努力让自己更加配得上这里，进而留下，而那些诗一般的故事，亦从此吟唱。

最美的时光遇见你

一生至少该有一次为了某个人而忘了自己，不求有结果，不求同行，不求曾经拥有，甚至不求你爱我，只求在我最美的年华里遇到你。幸运的是，雯雯遇到的那个人爱她宠她，在漫长的十年中相知相守，和她一路同行彼此扶持，给了双方最好的结果。

在丰富的大学生活中，雯雯做了很多尝试，努力学习的同时，积极参加各种活动，而那个年代的大学活动更多地局限于班内，于是作为同班同学的两个人慢慢熟稔。谈及初遇，雯雯笑说自己在人群中第一眼就看到了林枫，倒不是因为一见钟情之类的，只是高高瘦瘦白白嫩嫩的他在军训团里面特别显眼。而林枫呢，压根儿对雯雯没什么初见的印象。雯雯还记得一向腼腆的林枫说过的最美的情话之一就是："如果当初知道你就是那个要陪我过一生的人，当初就多看几眼了。"

林枫是吉林人，有着北方男生的开朗和大气，热爱摄影、旅游，也算半个军事迷。同时作为一个理工男，他有着这个群体的踏实，却也继承了那份在感情上的木讷。在大一下学期某次班级组织集体去大观园游玩的时候，他和一群男生一起说笑打闹，偶然回头看见雯雯白色毛衣牛仔长裙安安静静站在古色古香的庭院里面，瞬间有被击中的感觉。那天的他拍了许多照片，大多与雯雯有关。从此，林枫便对雯雯多了几分用心，有意无意出现在她周围，给她更好的照顾。女生的心思总是更加细腻，不久之后雯雯就发现了这个大男孩对自己的好感，而此时的林枫还傻傻地以为自己隐藏得很好。

被优秀的人喜欢总是一件值得开心的事情啊，带着几分羞涩与欣喜，雯雯开始认真"考察"这个可爱的大男孩，接触下来，她惊喜地发现彼此有着许多的相似和互补：雯雯喜欢美景，林枫会用相机把最美的风景定格；雯雯喜欢转遍北京的大街小巷，林枫便在她身边给她讲述老北京的故事；雯雯偶尔会像是戴望舒笔下那个丁香一样结着愁怨的姑娘，而林枫则是她的小太阳，让她不再无谓忧伤……

有人的爱情像是烟火，蓬勃绚烂，划破夜空，而他们的爱情却是涓涓的溪流，内里暗潮涌动却看上去平静安和。尽管都模糊地知道彼此的心意，雯雯和林枫却都不敢表露出来，生怕因自己会错意带来尴尬，于是朋友的身份成为了相互陪伴的最好掩饰。不可思议的是，这样的关系持续了三年之久，给双方带来了无数隐忍与甜蜜。但当彼此的契合越来越明显，感情再无法被压抑，终于在毕业到来之前喷薄而出。

那是一个风凉如水的傍晚，林枫约雯雯出去散步，或许感情到了一定程度会有预感吧，雯雯莫名觉得羞涩与紧张。精心打扮之后她按时赴约，见到了那个明显也和平时不一样的他。不敢四目相对的两个人绕着农大的校园转了一圈又一圈，从今天吃了什么谈到毕业的去向，就是不说任何一句和感情相关的话。夜深了，分别时的林枫已经分明有些气馁与焦躁，却还是没有放开一切说出“我喜欢你”四个字。雯雯也略有失望，但女生的矜持又无时无刻不提醒她不能表态。各自回到寝室的两人有着相似的懊恼，于是短信就成了唯一的发泄渠道。林枫纠结到凌晨，终于鼓起勇气发了一条：“不知道我可不可以做你的那个人？”同样无眠的雯雯回复：“我要你做那个人，只要你。”就这样，三年的等待瞬间开出大团大团的花。自此，春风十里不如你，再不是一句空话。

三年的酝酿给了两人十足的默契，也让他们更加懂得珍惜。和其他校园情侣一样，他们除了上厕所和回寝睡觉，其他时间都在一起，一起上自习、一起吃饭、一起逛校园。男孩送女孩小礼物，女孩呵护男孩的日常生活，校园的小路上留下了两个人深深的足迹。每天晚上，林枫都送雯雯回寝室，雯雯都会上楼后跑到走廊的窗户上和林枫挥手说再见。而后林枫潇洒地转身，看着星星走回寝室。每天除早餐之外其他两餐都一起吃，2—3 天就吃一次恋爱餐——酸黄瓜炒肉丝。他们说那里有最初相爱时的味道。日子过得很快，冬去春来，夏日暖阳，一转眼就到了毕业的前夕。期间没有大的争吵，只有小小的分歧；没有太大的波澜，只有小小的涟漪。两个人彼此珍惜这宝贵的相处。正是这段时间，他们越发觉得，爱情真的很神秘，原来真的有再见倾心。他们彼此发现对方的优点，习惯对方的缺点和不足，生活中已经不能没有对方的影了，才知道爱是培养的，是经营的。他们从未提出过分手，从未对彼此发过大脾气。他们在甜蜜中过着每一天，他们品尝着爱情的清醇滋味。期间，两家的家人也知道了这件事，双方父母都很开通，而且很支持。两人都去了对方的家中，老人们很高兴，希望他们能真正走到一起。

一路上有你，苦一点也愿意

毕业就这样不期而至，沉浸在爱情甜蜜中的雯雯和林枫此时尚未预见到前方的路上还有那么多曲折坎坷，而是带着年轻人一往无前的冲劲儿向往着即将要步入的社会。毕业后，他们搬进了林枫亲戚在北京闲置的一间小房子里，空间并不大，但给两人省去了租房的一大笔费用。尽管如此，生活的压力还是迫使两人加快了找工作的步伐。由于性别因素，相比于雯雯在求职中的屡屡碰壁，林枫很顺利地拿到了北京一家生物制药公司的offer。和他的专业虽然并不完全对口，但部门主管却十分欣赏这个北方男孩展现出的踏实肯干，给了他很多的内部资源，薪水虽然并不高，却也足以让多数应届毕业生羡慕。

而雯雯呢，境况略显尴尬，比较好的工作单位通常设定的门槛为研究生以上，而专业的相对冷门也使得雯雯的就业面相对狭小。“在就业压力如此严峻的时候，我拿着一个不高不低的分数，上了一所不好不差的本科院校，学了一个不冷不热的专业。‘工作’两个字第一次如此生疼地出现在我面前。是的，是生疼。也在人生的头1/3里，感受到了‘中庸’的魅力：平常人家的平凡孩子，成为普通高校极为普通的一员。仿佛这一切唯一的不平凡之处就是这些事件同时发生的概率相对较低。我想，以后会不会就这样找一个不好不坏的工作，领着一份不高不低的薪水，和这个我深爱的人过一生……还剩下少许青春激情的我不甘心这么‘中庸’下去。”于是，雯雯用了半天时间以及三张活页纸写下了一份令当时的她非常振奋而令现在的她非常羞愧的计划书。最后的结果就是垃圾袋中多了一份可有可无的重量。纸上谈兵的事谁都可以做得很好，可是当要把图纸构建成实实在在的、看得见、摸得着的实物时，就像是让我们闭着眼睛分出“红绿蓝”那么难。这段写在雯雯日志里面的话让我看到了她当时的不安与迷惘。经过慎重的考虑，在林枫的支持下，雯雯听从家里的安排开始准备考研。

也许是脱离了学校的学习环境，雯雯的备考状态并不佳，情绪也常有起伏。而林枫刚刚入职，有着巨大的工作压力，并不能时时督促雯雯复习。雪上加霜的是，仅靠林枫一个人的工资支撑两个人的生活让他们捉襟见肘，还要倚仗家中的接济，这些都给雯雯的备考带来了负面的影响。稀里糊涂的一年过去，意料之中的，雯雯落榜了。这对于他们来说是一个不大不小的打击，无奈之下，雯雯只好选择“被就业”——去雅宝路做对俄皮草销售。这是一份不需大学教育背景就能完成的工作，和雯雯一同在那里上班的女孩子几乎都是高中毕业就出门闯荡的，会一些基本的俄语对话即可。理想与现实的巨大落差让她无法接受，基本没有任何成长性的工作让她对自己产生了深深的怀疑，但迫于生计，雯雯还是在那儿工作了将近两年。看着和林枫的买房基金一点点增加，她反复对自己说：“忍一忍，会过去的，会好起来的，一定会的……”

2009年9月的某天，雯雯像往常一样下班回家，她没有想到迎接她的是一个大大的惊喜。进门的桌子上放着一张崭新的聘书——林枫升职了——采购部副经理。而聘书的旁边，是一张纸条：“亲爱的小猪，我升职了，有能力更好地养你。那么现在你是否愿意为了我再试一次追逐自己的梦想，去考研，去学习，去找回那个骄傲的你？相信我，会一直在你身边。”雯雯瞬间泪奔，冲到卧室扑到林枫怀中，看着他因为自己的眼泪手足无措，想到这些年的相知相守，对林枫说：“我们结婚吧！”

接下来的事情顺理成章，雯雯从雅宝路辞职，报名考研。这一次她选择了跨校跨专业的考研之路，报考了北航某专业，而那个专业在全国仅招收俄语生一名，竞争压力可想而知。不同的是，在每一个秉烛夜读的晚上，她感到压力的同时也有满心的温暖和对未来的无限向往。林枫在工作不是特别累的时候总是会陪着雯雯一起复习，而就算他提前睡了，雯雯也会看着他熟睡的侧脸安心地复习下去。

患难与共，相濡以沫，一路上有你，苦一点也愿意。

生活不只是眼前的苟且，还有诗和远方。

还记得曾经夹在钱包里被你双手磨旧的纸条吗？在你觉得是世界末日的时候，在你觉得再怎么努力都是无用功的时候，夹在钱包里的那张纸条默默支持着，鼓励着年轻多愁善感的你。那张承载着你梦想的纸条在那时是你的一切。而你终于有足够的时间、精力去面对你的梦想的时候，你发现，梦想不再像以往那么清晰、俊美，它如失去水分的植株一般迅速老去。我们知道，梦想不会等待我们成长。而更多时候，可以等待的梦想不能称之为梦想。现在的你再想到那个梦想，不再是浑身血液撞击血管的感觉，而是一种可以包容一切、令人心寒的淡定。

约翰·巴里莫尔有话："人不会老去，直到悔恨取代了梦想。"

幸运的是，雯雯等到了她的梦想。

考研成绩出来的那天，雯雯和林枫领证了，并没有举办仪式，那个红红的小本子更像是对她考研成功的一种庆祝、一种纪念，也是两人 5 年爱情长跑的一个里程碑。结婚后雯雯重回校园，跟着导师一起做科研项目。因为所涉及的领域文献资料基本都是英文原文，雯雯不得不从零开始学习英文，却依靠自己的努力承担了最为艰巨的一部分任务。在科研过程中，雯雯的勤奋和能力得到了导师的认可。她的温柔和美丽也吸引了许多同组男生的注意，他们中的一个向雯雯表达了爱意，雯雯明确拒绝了他。这个时候，林枫的家人向他隐晦地表达了自己的担忧，他们担心雯雯有了更高的学历、更好的前途之后会离林枫而去，选择条件相对更优越的男生。而林枫一个人默默承受了来自家庭的压力，并没有将信息传达给雯雯。几年之后，雯雯无意中听说了当时林枫家里的担忧，就笑问林枫为什么不担心。林枫茫然了好久，然后终于想起还有这件事的存在，他先是玩笑般说："除了我还会有谁一直爱你这只小猪?"后来在雯雯不依不饶的追问下，林枫又说："对于我们来说，学习的机会都是很宝贵的，等到真的工作了，是很难再拿出大把的时间读书、科研，收获成长的。这是我的遗憾，我不希望这样的遗憾也发生在你身上。而我信任你，也信任我们这么多年的感情。"彼时的他们已经结婚若干年，激情渐渐淡去，牵手已如左手牵右手一样寻常。而雯雯看着他认真的表情，一如多年前农大校园内他送她回到宿舍。

雯雯在北航读书的日子，家中条件依旧拮据，又重复着林枫一人工作负担两人生活的窘状，但是彼此内心却是充盈的、满足的。无课的周末，雯雯会拉着林枫吃遍北航附近的小吃，像所有的大学情侣一样饿着肚子从街头吃到街尾，饱到两人都走不动；两人走在寂静的林荫小道，会不约而同回想起在农大的点点滴滴，像《何以笙箫默》那本小说中写的一样，感慨早知道会在一起的话，就早一点行使"权利"了……北航的两年，不仅给了雯雯一个蜕变的机会，也让他们找回了初恋般的感觉。

两年的时光飞逝，雯雯顺利从北航毕业，进入了北京某研究所工作，并且在单位的政策下把户口落在了北京。而林枫也成功晋升采购部经理。两人依靠自己的积蓄和双方父母的资助在北京三环外买了一套不大不小的房子，也开始认真考虑要宝宝的问题。

“生活难免有不如意，但总是要记得，眼前所看见的苟且只是暂时，未来总是有诗和远方在等待。”雯雯姐眼中有迷茫的雾气，微笑着对我说。

新生与别离

2014 年正月，伴随着一声响亮的啼哭，雯雯的生活从此多了一份负担与甜蜜。宝宝的到来让他们的生活有了翻天覆地的变化。入职几年，为人妻，为人母，雯雯再不是那个学生气十足、丁香般文艺而忧伤的姑娘，而是多了几分职场的干练和母性的慈爱。我会在某些周末去雯雯家玩耍，看着她抱着宝宝坐在明亮客厅的木制摇椅上，给宝宝念小兔子的故事，耐心地把她的手指一次次从宝宝嘴里“解救”出来。而林枫呢，则是在一旁温柔地看着她们母女的互动，眼中的宠溺满满，快要溢出来。姑姑被临时调到了北京帮忙照看孩子，并不大的房子里面挤着他们一家人和偶尔客串的我，生活吵吵闹闹又有真实可感的“小确幸”。

随着宝宝渐渐长大，雯雯和林枫的条件也越来越好。考虑到孩子的教育问题，他们在附近又买了一套大一些的学区房，打算明年就搬过去，把现在的房子留给姑姑姑父居住。毕竟，分别对于小孩子来说是应该尽量避免的。

然而，有些别离却避无可避。生老病死是每个人所必经的，当病魔来袭，我们无法将深爱的亲人留下，只能忍痛告别。林枫的妈妈在很多年前曾经患过癌症，手术切除后，一直状况良好，没有复发。但就在宝宝出生之前，一次例行的身体检查中，医生告知家人她的癌症已经转移，且没有再次手术的必要。等待死亡的过程煎熬而漫长，宝宝的出生给这位老人带来了无尽的期盼与欢乐，看着宝宝一点点成长成为了她最大的求生欲望来源。尽管在海南休养，但老人每天都要和宝宝通视频，教她说“奶奶”，给她唱歌、跳舞，经常是在视频最后气喘吁吁，坚持不下去再关掉。

雯雯和林枫坚持继续治疗，并在今年年初将老人接到了北京。住院检查的情况很不乐观，治疗过程给老人带来了很多痛苦。宝宝已经牙牙学语，骨血亲情是一个很玄妙的存在，让还不懂事的她每天喊着要去看奶奶。这画面经常让雯雯林枫湿了眼眶。到了3月初，老人只能靠输血维持生命，雯雯、林枫和其他血型适合的家人都献了很多血，却仍然跟不上老人用血的频率。最后，在一次苦涩无奈的长谈后，家人选择放弃治疗，让老人少一些痛苦地离开。

葬礼那天我并没有去到现场，不知道那样的分离是种怎样的撕心裂肺，但雯雯姐的憔悴、姐夫的黯然我却看得真切。姐姐对我说有一天半夜，林枫突然从梦中惊醒，抱住她哭得像个孩子，说是梦见了妈妈，却怎么抓都抓不住她的手；而姐姐站在旁边并不真切，他努力去抓姐姐的手，然后就惊醒了。他哭着说，我以后就只能抓你的手了。雯雯姐心疼不已，说从没见过这样脆弱的他。一直以来，林枫都像是一座山，稳稳地站在她身前，为她遮风挡雨，而现在雯雯突然意识到，自己也是林枫的山，是他最后的归宿和依靠。

新生的欢喜与离别的苦痛都是生活的必然，幸而一路有他，雯雯从来不是一个人。

终章

十年的时光悄然而过，为雯雯刻下无数烙印，有稚嫩有成长有拼搏有失意有甜蜜，亦有苦痛。细细回忆这漫长的岁月，里面的很多场景都像是渲染技术欠佳的老电影，模糊不堪。而身边陪伴的那个人、那座城却分明可见。

雯雯姐放下手中的咖啡杯，和我道一句感谢。这次的采访给了她一个机会去重新品味一路走来的酸甜苦辣，进而更加珍惜现在所拥有的一切平安喜乐。

而真正更应道一声感谢的是我。在雯雯姐那个世界中，我看到的不仅是她的人生变迁，还有北京城的迷人魅力。这座城将她从一个不谙世事的小女孩打磨成现在闪闪发光的样子。这座城给了她一个平台，去热爱，去成长，去接触更高等级更高层次的社会，去发现一个全新的自己。北京是她的第二故土，也许也会是我的。现在的我就像是当年的她，面对这个全然陌生的城市不知所措，前路尚不清晰。然而，已知的大概未来十年的北京，请如同对待雯雯姐一般温柔而深刻地对我。

后 记

“写作，即是坐下来审视自己。”

在北京成家，是关于梦想和爱的故事。每天地铁上、公交里，我们都可以见到形形色色的人，他们或者在北京本地长大、或者在北京上大学之后留在北京奋斗，或者来北京追求更高品质生活、追求梦想，每一个人，都带着满满的故事，每一个故事，都带着满满的诚意和感动。

在书中，我们为大家展现了19个即将或者已经拥有美好家庭生活、在不同工作岗位上追求自己人生价值的故事，故事的主人公有公务员、企业员工、创业者，还有在非营利组织工作的朋友。他们当中，现在是“幸福的家庭，各有各的幸福”，但也曾面临“不顺的日子，各有各的不顺”。我们和你一样好奇，他们为什么选择北京？他们为什么要在北京成家？他们为了在北京成家都付出了怎样的努力？经历了怎样的故事？

我们在写作的过程中，可以看到某位朋友过去曾面对的困境正是现在困扰自己的问题，也可以找到与自己背景、经历十分相似的人，这是推动我们在比较中自我认知、自我判断、自我提升和自我成长。相信你也可以，看一看他们的故事，收获感动，继续坚定地走出自己的精彩。

从《求职就业职业发展》《冲向职场：求职48计助你玩转职场》《我的职场我做主：入职菜鸟修行记》、《给你offer：人力资源经理陪你找工作》求职系列，到《我在大学谈恋爱》《我在北京成家》的感情系列，由周石老师主持、劳动人事学院组织学生编写图书的工作已经走过了6个年头。我们倾听受访者的故事、再把他们的经历记录下来，呈现给读者，这整个过程都推动我们思考，用前辈走过的路来对照自己的生活，或得到一些教训，或启发一些灵感。这整个写作的过程，从最初老师们提供书目的主题范围，小作者们积极报名组成团队，一起头脑风暴搭建书的框架，到主动联系、获得机会采访前辈们，再到整理主线，写出故事，斟酌用词，反复修改。看到样书的时候，感觉这一本小书沉甸甸的，里面凝结了我们十几个人大学时代一段非常美好的时光，也凝结了我们很多通过采访前人收获的感动与思考。

感谢周石老师和陈筱睿老师为我们提供这样一个宝贵的机会，鼓励我们走出象牙塔，到社会上去看一看，向前辈们学一学，感谢二位老师为我们提供宝贵的修改意见，让我们能够给读者们呈现出更加丰富和实用的信息；感谢郭瑜老师为整个团队进行如何采访的培训，让我们了解到采访看似简单，实则有很多技巧与注意事项，这些是我们成功进行采访、进行有深度采访的关键助力，在此过程中磨炼的人际沟通能力、渐渐唤起的同理心也让我们更加懂得“劳人之事，成人之美”。

感谢受访者们无私地与我们分享他们的人生经历，讲述他们自己在北京奋斗、成家的故事，向后辈们传授宝贵的经验和自己的人生感悟，让我们切实感受到尽管人生几多无奈，但是只要坚持、勇敢，我们依然可以收获自己想要的人生。

感谢郭晋慧编辑辛勤劳动，从前期沟通、校对到印刷的各个环节，您的认真细致让我们充分感受到自己的劳动、自己的故事得到了莫大的尊重。

感谢一起并肩奋斗的小伙伴们，我们虽然相对独立地承担采访和写作任务，但是大家都互相出谋划策，为采访对象的选择、具体写作的结构，甚至是某一个细小的用词真诚地提出自己的意见和建议，总体上及时沟通写作的进度，携手完成了最后的书稿。

最后，还要感谢翻开了这本书的你，愿你也在自己的“北京”找到幸福。

付鑫玉，邓洁茹，王月，祁婕，施炫伶，杨乐，李钦坤，曹晟，李梦抒